在雨夜尋找星星

最美的日本四季辭典

古性のち　著
洛薩　譯

給一直喜愛四季幻化變遷的你

這是一本蒐集流轉四季之間，歲時物候的優美詞彙所編輯而成的書。書中選錄了隨著時代的推移，歲時物候為因應現代生活型態，在某些樣貌、意義有所轉變下，仍承繼了時代脈動，保留下的重要單詞或意義的詞彙。內容以詩、短文、故事，或單純以攝影照片方式來呈現。

你可以在輾轉難眠的夜裡，把它當成一本辭典，啪啦啪啦地迅速翻閱；也可以像在美術館欣賞展覽的作品那樣，只專注地遨遊在自己喜歡的攝影照片世界中。

願與此書交會的朋友不受拘束，沒有束縛。可以隨意地打開任何一頁來閱讀。如果你能以最輕鬆舒服的心情來閱讀這本書，我將會非常高興。

書名中提到的「雨夜之星」，其實是很難看到的自然現象。在肉眼難以捕捉的情況下，想像著在厚重雲層的那頭，是一閃一閃亮著的無垠星空。請沉浸在詞彙裡，盡情感受文字之美，也體悟季節流轉變換時，人們順應自然的生活軌跡。

那麼，願你有美好的一天！

目次

Contents

秋

即將進入休眠，自然萬物籠罩在難以言喻的感傷季節。

冬

一邊等待暖春的到來，嘀咕著「人如果也可以冬眠該有多好啊」，一邊欣賞冬季夜空之美與銀白的雪世界。

第一章

春 Spring

經過漫長的等待，一直緊繃的心，
隨著冰雪的融化，終於獲得釋放。
身體也可以盡情順暢地呼吸著春天的氣息。
眼前的世界逐漸添上繽紛的色彩，
萬物笑著說「真高興能誕生在這塊土地上」。
這是處處洋溢著歡樂幸福氛圍的季節。

對春天萬物獨特氣息之遐想

Special Spring Day Blend

每年我都會想這個問題，關於春天的氣味，是由哪些主要成分組成的呢？只需你吸一口空氣，就能在體內輕輕瀰漫的柔和氣息，到底隱含著什麼神奇的元素呀！

如果把這股氣息做成標本，擺放在載玻片上再用顯微鏡仔細觀察，我想一定會有：

剛發出新芽的嫩苗正在打著大哈欠，
即將北返的候鳥抖動那一身蓬鬆的軟羽毛，
還有因室內戶外溫差，在窗戶上凝結的水滴，
那些眼睛看得到、看不到的，
全都聚集起來與空氣相融成為了一體。

這麼說來，構成春天氣味的主要成分，大概就是那些自然萬物度過了嚴峻冬天，歡迎春天這個季節到來所散發出的快樂元素。

原來這快樂因子是萬物欣喜迎接春天到訪而釋放出的，讓我在一吸一吐之間能分享到它們的喜悅。

這麼一想，春天的氣息總令我感到幸福，就理所當然囉！

這樣的幸福感不用四處去探求。
因為每個吸入的快樂因子都是增添我無限幸福的成分，我只有盡情地的享受與珍惜的義務。

這實在是個令人越來越喜歡的季節呀！

春雪

Shunsetsu

曆法上，春天的第一個節氣是「立春」，於這期間所降下的雪便稱為春雪。

這是冬天臨走前留下的最後禮物。送別還依戀人間的冬天，人們滿懷期待的春天終於到來了。

春之星

春の星

Harunohoshi

肉眼能看到朦朧柔和的星星。

春季夜空因大氣作用而蒙上一層薄薄的雲靄，這個季節觀看到的星星不同於冬天的冷冽與夏天的炙熱。

仰望星月迷濛柔和的夜空，彷彿沉睡在夢鄉，不禁讓人舒服地哼起了歌。

開北窗

北窓開く

Kitamadohiraku

在徐徐暖風吹拂下，終於打開了朝北緊閉的窗戶。

隔了好一陣子才開的窗，吹進來一絲春天的氣息，溫暖了凍僵的身體，心也跟著雀躍起來。開始準備迎接春天的來訪。

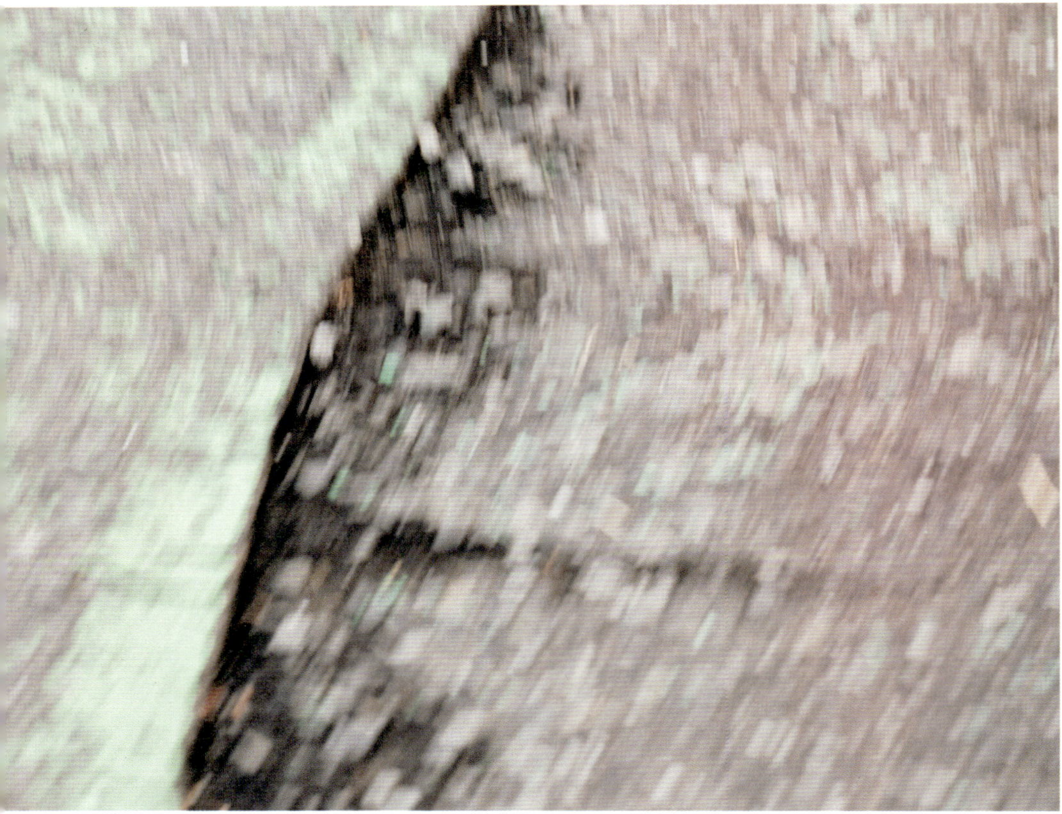

催花雨

Saikau

這場雨，催促著包括櫻花在內的各式花朵綻放。

「快快下一場淋漓的催花雨」，讓雨水輕輕地，溫柔地搖醒尚在熟睡的花苞，看那初櫻綻放，百花齊開！

春雷

Shunrai

立春後，雷鳴隱隱。
驚擾了冬眠的有情萬物。
「驚蟄之雷」一響，宣告了春天的喧囂。

還寒 寒の戻り

Kannomodori

晚春之際，一時乍暖還寒。
只待寒冬之氣漸散，春暖之日亦不遠！

鳥曇 鳥曇り

Torigumori

深秋南徙日本過冬的雁群，隔年為了尋找新棲所，當再度列陣北返於天際時，鳥雲掩空風起之現象。
這正是靜待春日腳步到來的時刻。

雪盡 雪の果て

Yukinohate

春天落下的最後一場雪。
聽那雪落在雪裡的聲音，寂靜地彷彿在與冬天作最後的道別。
世間即將進入繁華似錦的春意盎然。

櫻隱 桜隠し

Sakuragakushi

櫻花綻放時，下雪的景致。
想起那一幕薄雪包裹著櫻花，若隱似無的風雅畫面。

水溫 水温む

Mizunurumu

春回大地，暖和了池子與川澤的水。
甦醒的魚兒呀，也樂悠悠的水中游。

花時

Hanadoki

撐過嚴冬的花兒，於暖春之際齊放，這是個春城、山林無處不飛花的季節！特別指那櫻花盛放，花瓣飛舞的浪漫時光。

初音

Hatsune

新的一年，鳥聲初囀。寒風依然刺骨。
但無疑地，那是鳥兒在窗外唱誦春神來了，冬天遠去的信號。

花之雨

花の雨

Hananoame

櫻花綻放時下的雨。
又，當櫻花花瓣漫天飛舞灑落時，
彷彿下雨的情景也稱為花之雨。
看著那沾附雨滴的櫻花，就像在口
中融化散開的棉花糖那般甜蜜。

花冷 花冷え
Hanabie

櫻花開時，氣溫忽而驟降，寒氣逼人，令人頓感不適。
這期間若收到的日本信件，信末多會附上「花冷え」一語，以表關切之意。

初春雨
Hatsuharusame

春天降下的第一場雨，稱為初春雨。
這雨水不似冬雨會凍僵身體，而是溫潤潮濕的初春雨。

春告鳥
Harutsugedori

通報春天到來的鳥兒。亦名黃鶯。
此鳥還有幾個與春天風景相關聯的別稱，如「花見鳥」。

花嵐
Hanaarashi

繁花盛開期間，颳起的猛烈強風，稱為花嵐。
強勁的風吹得花瓣飄落飛舞，尤其是在櫻花盛開的季節經常使用這個詞彙。

草萌
Kusamoe

經過冬季，萬籟俱寂的大地甦醒後，所有草木欣然萌芽。
你聽，聽那開心迎接春天的植物們正大合唱著歡樂頌呀！

斑雪
Hadare

形容降下春雪後不久，雪一邊融化，一邊成為堆雪的景象。
「斑雪」、「斑野」兩詞共通。

下萌
Shitamoe

從枯草覆蓋的地面上開始冒出新綠的嫩芽。
看著新嫩草挺直腰桿的積極模樣，像在對人說「我們也很努力喔」！

淡雪
Awayuki

一落地就瞬間融化的雪。
雪有如泡沫般地消融，也稱其為「沫雪」。

花信風

Kashinfu

初春，捎來百花即將盛開訊息的風。
花信風一吹，暖和了我凍僵的身軀。
這段期間，當我發現路邊含苞待放的野花，就會高興地走過去瞧瞧，「嗨，要開花了嗎？」

朝寢

Asane

恰如「春眠不覺曉」這句話所言，溫暖的春天讓人覺得舒服，不自覺得就備感慵懶而想睡。

迷迷糊糊、昏昏沉沉地貪睡賴床，真是奢侈的時光呀！

春之餽贈

春の形見

Harunokatami

須臾短暫的美好春日終將離去。這個令人們朝盼暮思的春天，為人們帶來如沐春風，暖陽時光的美好「餽贈」後，歲移進入夏季了。

解開雪吊

雪吊りを解く

Yukizuriwotoku

冬天為防止厚重的積雪折斷樹枝，用繩子把樹枝固定撐起。在雪國，雪吊解開之際，表示春天來了。

白鳥歸巢

白鳥帰る

Hakuchokaeru

度過一季寒冬的白鳥，將於春天北返歸巢。展翅在天空悠悠翱翔之英姿，昂然無懼地迎接自己嶄新的啟程。

草青

草青む

Kusaaomu

初春新生的嫩草一片綠油油的景象。鄉間小路、田野、道路邊遍地皆是剛冒出芽的柔細綠草。

霜盡

霜の果て

Shimonohate

雖說天氣轉暖和，但氣溫突然下降而落霜。不過，霜盡代表春天已經來了。

解凍

凍ゆるむ

Iteyurumu

嚴冬時凍裂的大地因春暖氣溫回升，堅硬如石塊的冰雪逐漸消融。冰雪慢慢地化作春泥潤澤大地。

紅梅色

Kobaiiro

早春，新開的花朵色彩宛如紅梅花般，粉紅中隱約帶紫。是殘冬最後揮灑在大地上的珍貴色彩。

萌黃色

Moegiiro

早春，發芽的嫩葉黃綠色的模樣。朝氣的萌黃色象徵著青春，是平安時代年輕人鍾愛的顏色。

夜之梅

夜の梅

Yorunoume

夜晚即使不見梅花蹤影，也能聞到其散發之香氣。這詞彙來自《古今和歌集》：「漆黑的春夜，雖不見梅花之影，卻聞到隱約花香」。

朧月
Oborozuki
おぼろ月

春季夜空下朦朧模糊的月亮。仰望被黑夜暈染的天色，微亮閃爍的朦朧星星與月亮，這樣閑靜的夜晚令人自在舒適。

春風駘蕩
Shunputaito

指和煦的春風薰得人心神蕩漾。有時也用來形容人的生活行為舉止悠閒輕鬆。

花曇
Hanagumori
花曇り

櫻花綻放期間，幾抹雲淡的天空。這種春天特有宛如櫻花花瓣的雲朵，透過雲可以看到另一面天空。

花殘月
Hananokorizuki
花残り月

陰曆四月的別名。
又，落櫻紛紛和那尚未凋落的櫻花形成一幅充滿雅趣風景畫。

春之湊
Harunominato
春の湊

春抵達的目的地。與「春盡」、「春止」同義。春之湊中的「湊」（港灣）是從船隻停泊的地方，也就是終點，轉借的詞。

霞之空
Kasuminosora
霞の空

意指被薄霧掩蓋，灰灰濛濛的天空。連天空也在這樣春日暖活正好眠的時光裡發懶打盹。

春疾風
Haruhayate

春風吹拂，使沙塵漫天亂舞。一向溫和舒暢的春天，原來也有令人意想不到的另一種性格存在呀！

清明
Seimei

二十四節氣之一。
春天一到，人們、動物、植物各個精神抖擻，朝氣蓬勃。
就算只是四處走走，也讓人幸福洋溢。

蘖
Hikobae
ひこばえ

從原木的殘枝冒出新生的枝芽。如此生生不息，傳承一代代的永續生命。

春信
Shunshin

殷殷期盼的春天終於到訪。也有捎來春天百花盛開的訊息之意。

春和景明
Shunwakeimei

春光明媚，春風和煦。景明有「陽光柔和明媚」之意，溫暖的太陽普照大地，讓人感受到春天暖呼呼的詞語。

圓清
Ensei

一望無際的天空。想像遨遊在這無邊無際天空，這樣的春日時光別有一番滋味。

紅雨
Kou

指潤濕花朵的春雨。這個季節，人們的傘布上無意間黏著淡粉紅色的花瓣，是春天特有的花傘，故有紅雨之稱。

和風
Wafu

煦煦春風吹拂而過。冬季冷冽寒風吹凍的臉頰和頸部，在和風輕撫下肌膚終於獲得紓解而容光煥發。

楚楚之風
Sosokaze
そそ風

春風無聲息靜靜地吹。剛冒出頭的蒲公英和問荊輕輕地在風中搖曳，幼蝶也展翅穿梭其間輕盈地飛舞著。

雲雀東風
Hibarigochi

天氣轉暖，從東邊吹來的風。東風一吹鳥兒們開始高興地嘰嘰啾啾叫不停，人們感染到這份喜悅，也跟著一起哼起歌，是個充滿生氣盎然的春日時光。

Haruwaakebono

春曙

春は曙

如《枕草子》中這句「春乃黎明也。遠方山際，透出些許曙光」。春天正踩著輕快腳步來到人間。

只看字面春曙二字，就可以感受到春天散發出的無限暖意。

春雲

Shunun

春天的雲。

不同於冬夏兩季的雲，春雲總是帶著輕快慧黠的表情，好像你一觸碰到，「咻碰」，瞬間消散無影無蹤。

綿雲

Watagumo

一團團如綿的圓形雲朵在天空輕飄飄的遊盪。如果伸手觸及，就會立刻融化的溫柔綿雲。

春驟雨

Harushuu

春天降下的傾盆大雨。

「驟」有「馬疾馳奔跑」、「迅速及時」之意。亦即春天的雷陣雨。

星朧

Hoshioboro

春夜，星光稀微。

春季，從南方吹來的空氣因飽含水氣，讓閃耀的星光變得柔和。

芳雲

Houn

春天裡美麗難得一見的雲彩。

一抹雲霞映照天際邊，與春季天候相應和，看著看著又讓人打起盹了。

花明

Hanaakari

花明かり

隨著櫻花盛開，放眼四周也變得明亮起來。粉嫩的花兒既嬌豔又嫵媚，讓賞花的人駐足不捨離去。

花筏

Hanaikada

櫻花花瓣隨風散逸飄落到河川水面流動的樣子，像是花筏。

這時期，水面漂游的桃紅花瓣，猶如絨毯般地令人屏息驚嘆。

冴返

Saekaeru

冴返る

正當愉快地享受暖呼呼的春日陽光時，氣溫突然驟降，彷彿回到冬天。如此春寒料峭的日子反反覆覆，表示春意漸濃。

花守

Hanamori

修整照料櫻花樹的人。一邊努力地照護樹木，一邊想像著前來賞花的遊人歡樂的模樣，就覺得所有付出都值得，而感到心滿意足了。

花筵

Hanamushiro

春天遍地繁花似錦。「筵」是指在賞花宴的坐席上鋪上餐墊，大家彼此緊緊依偎著的模樣，也宛如一片片的花團錦簇。

春眠

春眠し

Harunemushi

春日和風淡蕩，心情舒坦，總是不自覺的產生睡意。迷迷糊糊在睡夢與清醒之間遊走晃蕩的時光，真是舒服呀！

春霞

Harugasumi

春天看到的彩霞，既非靄也非霧。形成的原因至今不明。其神祕感恰成為人們歌詠春季風情的最佳題材。

雪間

Yukima

春暖，覆蓋大地的雪逐漸融化，露出大地原有的風貌，深埋在雪下的小蟲小草，也迫不及待睜開眼睛觀察世界。

風光

風光る

Kazehikaru

春天陽光普照大地，在煦煦和風中閃耀著爛漫光彩，平日看慣的景色頓時感到新鮮有趣，像是去了趟旅行，欣賞了別有一番滋味的風景那樣，令人興高采烈。

夢見草

Yumemigusa

櫻之別名。猶如出現在如詩般的夢境，朵朵唯美虛幻的櫻花漫天飄舞。據說大約是在江戶時代，賞櫻成為百姓春天裡生活不可或缺的雅事。

花吹雪

Hanafubuki

櫻花花瓣飛舞的樣子就如冬雪般輕飄散落。置身於粉紅色的花海中，彷彿走進了與世無爭的絕美桃花源。

春之海 春の海

Harunoumi

春天，平穩無波瀾的海。如同与謝蕪村的俳句「春之海，終日浪恬波靜」。海邊空氣中也飄盪著春的氣息。

一人靜

Hitorishizuka

植物名，即「銀線草」。白色刷毛狀的小花裹在鮮嫩綠葉中。讓人不禁想像，這植物的模樣像個坐在草原上低著頭，陶醉在書裡的嬌羞少女。

山笑 山笑う

Yamawarau

春天，滿山遍野綠意盎然，處處可見生機，彷彿可以看見山林也露出呵呵笑的神情。

春時雨

Harushigure

春天下的雷陣雨。被雨水濡濕的花草帶來了春天一股獨有的香氣，幽幽地飄散於空氣中。

貝寄風

Kaiyose

陰曆二月二十日吹來的西風。這天是聖德太子忌辰之日，百姓會用隨著西風漂流而至的貝殼做成人造花來供養聖德太子，是貝寄風典故的由來。

春陰

Shunin

春日裡多雲時陰的天氣。在風和日麗、爛漫多彩的春天，顯得這樣的陰霾之日格外寧靜。「花曇」意同「春陰」。

紫雲英

Genge

盛開於春天的紅花草之別名。盛開於草原、田野間，放眼無際的紅紫色花朵，宛如天空中浮游的雲朵。

雀隱 雀隠れ

Suzumegakure

春天，新生嫩芽的花草漸漸茁壯，在地面上蹦蹦跳跳的小雀，也在不知不覺中長大了。

鼓草

Tsuzumigusa

蒲公英別名。鼓草之名眾說紛紜。一說是將花梗（莖）兩端撕開，梗會反轉捲起，形狀似鼓；一說是敲打這個鼓狀物，會發出「噹～啵～啵～」那樣的鼓聲。

花風

Kafu

百花綻放之際，吹來一陣風把花瓣吹的漫天飛舞。飛揚的花瓣如恣行於宇宙間的精靈似地跳躍旋轉，吸引遊人駐足。

長閑

Nodoka

時序入春後，日照時間變長，人與自然萬物的作息也變得規律沉穩。春天帶來了溫暖也帶給人們平穩的心情。

系櫻

糸桜

Itozakura

枝垂櫻的別名。望著垂向地面的枝垂櫻花，茂盛綻放的姿態，宛如置身夢中。此生能與此櫻相會，就讓人不由自主地讚嘆，筆者能生在日本真是好。

春星

Shunsei

春天夜空，能觀賞到閃著些微潤澤光芒的星星。這時的星星與夏天的閃耀四射、冬天的凜冽之光不同。朦朧潤澤的星光給人一絲暖意上心頭。

春燈

Shunto

同「春之燈」。在春天的夜裡燃上一盞燈火，燈火明明滅滅，發出溫暖的光熱消退了春夜涼意。

春嶺

Shunrei

經過長時間休眠，甦醒的花草樹木生機勃勃地點綴著春天的山巒樹林。春天是個讓沉寂的冬季山林，恢復生命力的季節。

春之宵

春の宵

Harunoyoi

春天白晝低垂，夜幕升起。古有「春夜難得，散盡千金也值得」，這就是「春宵一刻值千金」此諺語之由來。

春之爐 春の炉

Harunoro

即使是在微寒的春天，仍不能收起暖爐。直至今日，將火盆與暖桌放在客廳、起居室取暖的習慣，還是維持不變。

花信 花便り

Hanadayori

寄上一封春暖花開問候的信件。捱過一季寒冬，寫封信向久未聯繫的遠方朋友深表歉意，並話話家常。

花月夜

Hanazukiyo

櫻花花季，看到的滿月之夜稱為花月夜。潤澤飽滿的朦朧月兒高掛夜空，與被風吹落，恣意飛散的櫻花瓣，形成一幅優美的景致。

春霜

Shunso

亦作「別霜」。入春後的落霜。這時期，因氣溫驟降所產生的自然現象。

花狸 花たぬき

Hanatanuki

將身處櫻花花海中的遊人戲稱為「狸貓」的新創詞彙。想起了一群群飲酒作樂、手足舞蹈的遊人開心的模樣。

鞦韆 ふらここ

Furakoko

「ぶらんこ」(buranko) 的別名。飽受寒冬之氣侵襲，生命力逐漸衰弱的大地，因春氣的到來又恢復滿滿生機，盪啊，盪啊！就用這股活力往空中飛舞。

借蛙之目 蛙の目借時

Kawazunomekaridoki

在這春眠不覺曉的暖陽春日裡，總是不知該如何對付這個讓人無時無刻不睏倦的睡魔，好想跟青蛙借雙眼睛，睜著眼打瞌睡呀！

朦朧之星 星の紛れ

Hoshinomagire

散步在春夜朦朧的星空下，望著星星忽隱忽現，明滅不定的緩慢節奏，走著走著，腳步不禁變得輕盈而走久走遠了。

渡海貓

Uminekowataru

海猫渡る

屬海鷗科之海鳥，其叫聲似貓，俗稱海貓。過了冬季，飄洋跋涉而來的海鷗，相較以往，海鷗今日更被人們重視，被譽為「教你漁場大小事的海鳥」。

滿天星

Dodan

開著壺形花朵的植物，即「燈台躑躅」，會長出猶如鈴蘭般可愛白色花朵的植物。

薄冰

Usurai

薄氷

春天乍暖返寒時，地面上結成的一片片薄冰。和冬天堅硬的結冰地面不同，脆薄冰面輕輕一踩，夢幻的碎裂聲，表示時序確實往前推移了呀！

花衣

Hanagoromo

賞花時，女子們穿上最漂亮的衣服，稱為花衣。元祿時代，為了不輸給櫻花柔美之姿的心情，流行穿著自認最美麗的和服去賞花。

櫻色

Sakurairo

桜色

如櫻花淺紫中帶紅的顏色，稱為櫻色。此一詞彙起源於江戶時代。若是帶點灰色則稱為「灰櫻」。

梅重

Umegasane

梅花花瓣拼合的色調。彷彿戀愛中少女透著粉嫩紅暈的雙頰，是個洋溢著幸福溫暖氣息的初戀色調。

勿忘草

Wasurenagusa

從英文「forget-me-not」（請別忘記我）直譯而來。春天開著小而可愛的綠色花朵。

踏青

Tosei

春日良辰美景，處處可見新綠如茵，繁花盛開，讓人忍不住想往外飛奔到山間踏青遊玩。

穀雨

Koku

「穀雨」顧名思義，農耕時節灌溉稻田農作物及穀物的雨水。這段期間的雨水特別有利於農作物中穀物的成長。

春天的山林植物受到雨水洗禮，一片欣欣向榮，不論看幾次都讓人心情開朗愉悅。

木芽初生

木の芽時

Konomedoki

指各種草木發出新芽的時候。
「春」字，有源於草木開始發芽之說。
春天的草木們在地底下穩穩扎根，往天際漸漸成長茁壯，迎風搖曳，彼此相視微笑「啊，今年春天來了呀！」

花咲月

Hanasakizuki

陰曆三月的別名。

在陰曆三月不同別名中，就屬「花咲月」這名稱，讓人最能感受到春之歡愉。

櫻人

桜人

Sakurabito

喜愛櫻花的人。

無論今昔或是未來，能仰望著落櫻紛紛，獨酌還是與至交好友同飲酣暢的時刻，想必是人間最難得的幸福時光。

飛花

Hika

櫻花花季結束，凋落的模樣。

落櫻紛飛輕似夢，如塵埃如雨水，受到世人鍾愛。

面影草

Omokagegusa

棣棠花（山吹）別名。

多生於山間濕地，會綻開金黃色的花朵，耀眼的金黃色彩讓人目不暇給，春天的氣息就這樣撲鼻而來。

小米花

Kogomebana

雪柳別名。「小米」指碾碎過後的精白米。弓形的垂枝條，開著層層疊疊的小花，輕輕觸摸它，彷彿會瞬間消失。

夜香蘭

Yakoran

風信子別名。

你愛它有多深，它就回應你幾分，是既坦率又可愛花朵。那麼接下來也請你多多關照喔！

摘草

Tsumikusa

初春，人們習慣到田野裡摘採剛從冬季寒冷中甦醒的筆頭菜或是芹菜。人們在餐桌上展開笑顏，享受著這自然大地帶來的美味佳餚。

綠之絲

緑の糸

Midorinoito

比喻楊柳細枝如絲。

在春天最早發出新芽的柳樹，纏繞的柳枝條展現著旺盛的生命力，彷彿擁有咒力的神聖樹木。

草之雨

Kusanoame

草の雨

滋潤草木新綠，使萬物受惠的雨水。入夏，提供樹木枝葉茂盛枝幹茁壯的營養與水分。

播種

Tanefuseru

種ふせる

灌溉農田，讓播放的種子能更順利發芽。當農忙告一段落，大家會歡慶地喝上祝賀的酒，顯見播種是農稼時期的大事。

暮春

Harufukashi

春深し

度過了繁盛熱鬧，終究也來到暮春時分。花兒們紛紛凋零落地，新嫩綠葉也逐漸轉深了。

花過

Hanasugi

花過ぎ

花季結束，櫻花不再開時。一絲寂寞襲上心頭，只待明年再相會。那就開始準備迎接夏天吧！

逃水

Nigemizu

逃げ水

春之「海市蜃樓」（蜃氣樓）。時序由春入夏時，氣溫逐日攀升，讓人以為地面上有水窪，但是靠近卻發現其實沒有水的一種自然現象。

惜春

Sekishun

感嘆春天離去之詞。可能是一方面開心地迎接春天造訪人間，卻又惋惜春天將遠去的複雜心情而有了「惜春」一詞產生。

櫻蕊落

Sakurashibefuru

桜蘂降る

櫻花散盡後，留下的雄蕊、雌蕊殘枝稱為「櫻蕊」。待這些櫻蕊慢慢落地，也表示春夏之氣正在轉換了。

春之闇

Harunoyami

春の闇

沒有月亮的春夜。這樣的夜晚，格外地靜謐沉穩，柔美的櫻花在此時出奇地鮮豔耀眼，似乎讓暗黑的夜晚也明亮了起來。

春愁

Shunshu

春之愁滋味。

捱過漫漫長冬，應該是要高興地迎接溫暖春天的來臨，但總是不知何故，心裡頭有種淡淡離愁。或許是微風吹拂暖心頭，卻喚醒了與春天不斷相聚離散又重逢，那些曾經有過美好的，憂傷的回憶吧！

異想天開、任性的女友
A whimsical girlfriend

克服嚴寒，遠道而來的暖意總是無私地逗我們暢開懷。連在地面上蠕動爬行的毛毛蟲，也展翅在空中盤旋飛舞，歌詠重啟人生的歡樂。這個季節，到底有誰會選擇不去按下重新啟動的那個鍵呢？

是讓你緊抓不放的愛戀，是你既漠然又厭惡的自己的缺點，還是有人說了讓你無法容忍的話？
生活種種的執拗和冬天的酷寒，使你的心抑鬱糾結，而如今它們全被春風吹得消失無影無蹤，吹得豁然開朗。

「恭喜啊，你受到神祇眷顧加持，體內將增強三倍能量了喔！」
一個不知名的可愛天使在我面前這樣說著。既然如此，那我就不遲疑地欣然接受，讓體內細胞灌飽滿滿能量。

就算不能像超人那樣無所不能，還是要一一立下新目標。

只是……

若不解決現在擔心的麻煩事，煩惱就依舊存在。既不能成為超人，訂定的新目標也總是伴隨著沮喪，人生的各種遭逢都是成為大人的我們該坦然面對的事啊！

春天可不是萬靈丹，神祇也不會給我們特別的神蹟指引，春的降臨只是鬆解了我們被冬天桎梏且枯萎的身心，並給予滋潤。

讓身心得到滋養而輕盈自在，這個春天施展的魔法，肯定也能使你重新愛上自己。

第二章

夏 Summer

遠方傳來的煙火聲。
日照當空的炎炎太陽。
風鈴聲。
心裡想著趕快結束這蒸籠般難耐的溽暑，
卻又滿心盼望著夏天的熱鬧祭典活動能一直持續下去，
兩樣心情錯縱複雜的交織著，
只能說夏天真是讓心既期待又怕受傷害的忙碌季節！

夏日之聲

夏天開汽水的冒泡聲。
しゅわしゅわ
Shuwa Shuwa

開汽水時氣體外散的噗哧聲。
ぷしゅっ
Pushu

夏日熱氣滾滾發燙。
もくもく
Moku Moku

閃閃發亮。
ぎらぎら
Gira Gira

乾燥。
からから
Kara Kara

光亮閃耀。
ぴかぴか
Pika Pika

搖搖晃晃。
遛躂遛躂。
ふらふら
Fura Fura

沙沙作響。
がさがさ
Gasa Gasa

陽光毒辣。
かんかん
Kan Kan

咕嘟咕嘟地冒泡。
ブクブク
Buku Buku

悶熱。
むしむし
Mushi Mushi

眼花暈眩。
咕嚕咕嚕的滾水。
クラクラ
Kura Kura

輕飄飄。
柔軟蓬鬆。
ふわふわ
Fuwa Fuwa

冰冰涼涼。
キンキン
Kin Kin

咕嚕咕嚕地大口喝飲料。
ごくごく
Goku Goku

人聲吵雜，亂哄哄。
ざわざわ
Zawa Zawa

亮得刺眼。
チカチカ
Chika Chika

刺眼而眨眼睛。

燃燒物體發出劈哩啪啦聲。
パチパチ
Pachi Pachi

心臟撲通撲通地跳。
ドキドキ
Doki Doki

雲、煙上湧的樣子。
むくむく
Muku Muku

心裡發癢。
うずうず
Uzu Uzu

輕輕飄動。
ゆらゆら
Yura Yura

揪心，胸口緊。
きゅんっ
Kyun

溼答答。
じとじと
Jito Jito

把東西弄冰、弄涼。
ひやっ
Hiya

火辣辣。辣呼呼。
ひりひり
Hiri Hiri

又酸又刺的感覺。
キーン
Kin

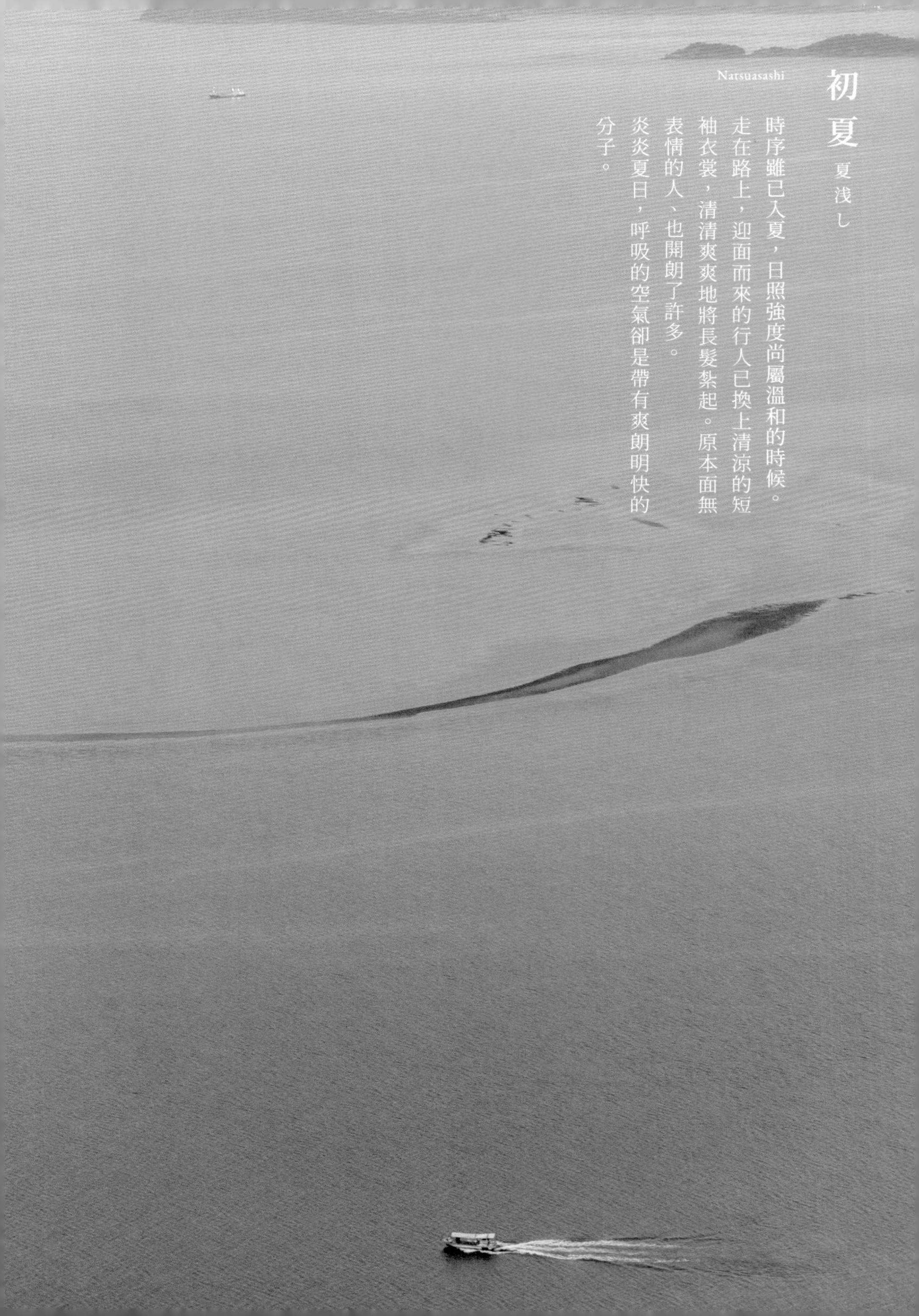

初夏

夏浅し

Natsuasashi

時序雖已入夏，日照強度尚屬溫和的時候。走在路上，迎面而來的行人已換上清涼的短袖衣裳，清清爽爽地將長髮紮起。原本面無表情的人、也開朗了許多。

炎炎夏日，呼吸的空氣卻是帶有爽朗明快的分子。

賣金魚

金魚売

Kingyouri

相傳江戶時代開始出現沿途叫賣金魚的商販。這樣景象成了歌詠夏季風情詩的題材之一。

出生現代的我，雖沒有機會遇到挑著扁擔，兩頭掛著金魚水桶的商人，但我想如果身處那個時代，無事路上閒晃時，看見金魚桶裡那些在冰涼水中游來游去的彩色金魚，我一定會尾隨商販走上一段路的。

新樹

Shinju

初夏，四處可見茂盛的翠綠新葉，繾綣在一樹一樹之間呢喃。

習習夏風輕拂，透過樹葉隙縫灑落的陽光，與地面上搖曳的葉影交錯成一片煌煌的光與影，唯有夏季才能遇見這如寶石閃耀的景色。

風待月

Kazemachizuki

陰曆六月的別名。

整個月惱人的漫長陰雨天，空氣中凝滯著讓人身心煩躁不已、快發霉似的濕氣。

真期待能吹來一陣像夏天游泳結束後，大口大口地暢飲彈珠汽水，帶來痛快爽利感的涼風，一掃惱人的陰霾濕氣。

卯波

Unami

陰曆四月，卯花盛開的時節，海面和河面上揚起的白色波浪，如白色細小的卯花般，所以稱為卯波。

我望著白色碎浪湧動的海面，不禁聯想起打開汽水咻咻地冒泡的樣子。

也嚮往重回舊時，學學以前的人，成為一個既感性又敏銳的人。

青梅雨

Aotsuyu

梅雨的別名之一。是從「青梅果實成熟時落下的雨」而來。初夏，沐浴在充足日照下的植物，看著鮮豔明亮的綠葉上附著水滴的模樣，心情也隨之清涼了起來。

藥降

薬降る

Kusurifuru

陰曆五月五日正午前後，落下的雨。這雨水被稱之為「神水」，自古以來，人們深信神水是具有醫療功效的神聖藥物。

餘花

余花

Yoka

時序雖漸入夏季，仍有些殘存尚未凋落的櫻花，稱為餘花。當花瓣飄落散盡，春天呀，也準備交棒給夏天，好好地睡上一覺了，這是春天留給人間的餽贈之花啊！

花疏葉生

花は葉に

Hanawahani

櫻花凋落後，櫻花樹長出新葉。日本人從以前就喜愛開滿整樹淡粉桃紅的櫻花樹，自然是美不勝收，但入夏後，樹木換上新綠的姿態，也是別有韻味呢！

新綠
Midorisasu　緑さす

為迎接初夏來訪，植物們喜不自勝地為新葉披上綠衣。從葉尖到葉端飽滿水潤的新綠色澤，讓我也感染了那份新生的喜悅。

翠雨
Suiu

新綠期間降下的雨稱為翠雨。剛新生的嫩葉或是綠葉浸潤在雨水中，顯得特別光澤惹人愛。

葵祭
Aoimatsuri

京都三大祭典之一。葵祭祭典時，參與遊行者穿著平安時代達官顯赫的服飾，佩戴代表下鴨神社和上賀茂神社兩所主祭神社神紋的雙葉葵葉子，舉止優雅地行走在初夏的京都街道上。

葉櫻
Hazakura　葉桜

櫻花凋謝後長出新葉的櫻花樹，謂之葉櫻。感傷落花的飄零，卻又讚嘆萬物的新生，這種既憂既喜的心情，真是矛盾啊！

帷子時
Katabiradoki

夏天是穿上清爽亞麻衣裳的季節。如同現代，過往的人們也是因應季節來變換服飾。

綠雨
Ryoku

草木發芽時，降下的雨。在宜人舒適的季節裡，遇到下雨天總是惹人惱，不過看著一片綠意盎然，想想這樣的日子其實也不壞。

五月晴
Satsukibare　五月晴れ

初夏，連日的綿綿陰雨天突然歇止，天空放晴了。從厚厚雲層露出臉的太陽，熱力四射，像在告訴人們沒有不會停止的雨。

朴花
Honohana　朴の花

當朴樹開出白色大花朵時，代表夏天已經到來。當你散步經過時，可以聞到白花散發出淡淡的香氣，感受到花朵就在自己身邊。

明易

Akeyasu

指夏季黎明破曉的時分提前，稱為明易。天那麼快亮，彷彿要抹去前一夜的歡樂似地，讓人有些許憂傷。

私雨

Watakushiame

侷限在某個範圍所下的雨，陣雨。詞彙用「私」（我）像是這場雨只為我而下，好像就只有我知道那樣，讓人心中添了一層愛戀。

夏曉

Natsuake

夏季，天空逐漸露出魚肚白的清晨。看著晨曦跟夜晚說聲「再見」，那冉冉升起的純淨光輝漸次地變換色彩的天際幻化，真是百看不厭。

朝凪

Asanagi

指早晨海洋與陸地的風向反轉循環之際，海面出現風平浪靜的狀態。這時可以更清楚地聽到海浪緩緩起伏，拍打的聲音。

滄海

Sokai

無邊無際，清澈湛藍的大海。清澈的深藍海洋和天際不斷湧現的積雨雲，告訴我們夏天真的來臨了。

綠蔭

Ryokuin

樹木、樹葉與樹枝之間，婆娑搖曳的影子。夏日的豔陽高照與涼爽綠蔭形成了強烈對比，展現出不畏炎熱日曬的個性。

夏始

Natsuhajime

初夏的別名。即使真正酷熱的夏天還沒到來，但我已經迫不及待穿上涼鞋出門了。夏始之後，緊接著是仲夏、晚夏。

栗花落

Tsuiri

指進入梅雨季。栗花凋落時，剛好遇上梅雨期間。看見栗花遍地落，就知道春天真的遠離，今年雨季也開始了。

愛逢月

Medeaizuki

陰曆七月的別名。
每年的七夕是織女與牛郎被允許能相見的日子，因而稱七月為愛逢月。

萬綠

万緑

Banryoku

置身於一片綠油油的鄉間田野，呼吸著草綠清香之氣，被淨化的身體頓時變得清清爽爽。

今年竹

Kotoshidake

當年長出來的竹子，稱為今年竹。
看那褪去茶褐色的外殼，逐漸長出往天際延伸，潤澤飽滿的嫩綠竹子的模樣，就覺得涼快舒服。

地雨

Jiame

指一定強度的持續降雨。
光是各種降雨的名稱就能集結成一本書了，可見雨的存在有多麼重要！

神水

Jinsui

供奉在神祇前的水，稱之神水。
將陰曆五月五日的水盛放於竹筒中，據說用這樣的水來製藥具有特別的醫療功效。

狐之嫁女

狐の嫁入り

Kitsunenoyomeiri

天氣晴朗時下起雨來，亦稱太陽雨。
不可思議的天氣，就像狐仙幻化那樣深不可測。

東雲草

Shinonomegusa

牽牛花（朝顏）的別名。
所謂「東雲」指東方天空漸漸明亮之際。
朝顏會在這段時間悄悄地開花。

玉章

Tamazusa

烏瓜的別名。
夏天的夜晚會從花瓣邊緣開出細絲狀白花。夜晚開花，隔天早晨枯萎，也是一種充滿夢幻的植物。

雷雲

Raiun

產生雷電的雲。

烏雲密布的天空，黑壓壓的雲層像是有什麼要出現似地，居然讓我有種莫名的興奮感。

宵祭

Yoimatsuri

正式祭典開始的前一晚舉辦的夜間慶典，稱為宵祭。就像要去參加遠足的前一晚，睡不著覺那樣，凡事總在正式開始前，最能感到亢奮。

冷夏

Reika

夏季氣溫未上升，低於夏季平均溫度。

對人類而言是舒服宜人的日子，卻會對農作物帶來嚴重損害。夏季暑氣的過猶不及，各有好壞啊！

季夏

Kika

夏末的別稱。

想著夏天快結束了，腦子裡卻不斷浮現這個還沒做，那個也還沒完成，預定的行程一下全都塞滿了。

乘涼

Ryowotoru

涼を取る

尋找涼爽處避暑。夏日炎炎，趕快找個陰涼地方讓灼熱的身體降降溫，心裡也不禁輕鬆了許多。

揚羽蝶

Agehacho

一種黃底、繁複黑花紋的大蝴蝶。像個舞者，揮動著美麗的翅膀在風中飛舞。

霹靂神

Hatatagami

轟隆隆的疾雷。

「霹靂」是指發出劇烈的聲音，而發出這個聲音的神稱為「霹靂神」

炎帝

Entei

原為中國辭彙，意指「掌理夏天事務之神」。日本因夏季炎熱也沿用這個詞彙，與「朱夏」（夏的別名）有關連。

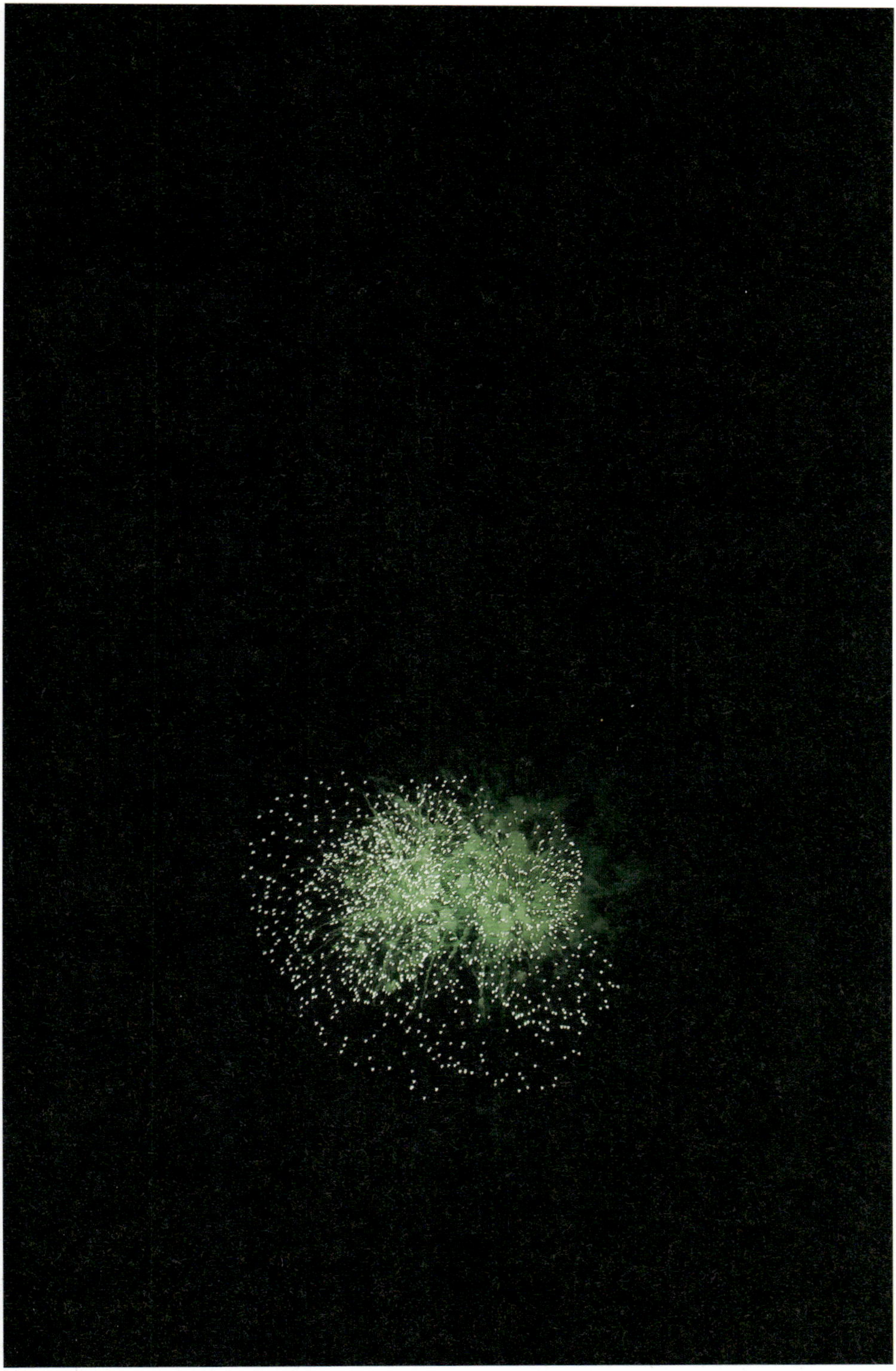

山滴

山滴る

Yamashitataru

夏之季語。

仲夏之際，山中草木嫩葉轉為深綠，整座山鬱鬱蔥蔥、生機蓬勃，綠意如水滴地點綴山巒。漫步在夏日的山中看到植物們各個精神抖擻、昂首挺胸展現的生命力，正是「山滴」的最佳詮釋。

天水

Tensui

從天降下的水，即是雨。
現在我們視為理所當然的雨水，對第一次遇到從天而降的水降落大地時，遠古的先民到底是抱著什麼樣的心情看待呢？

夏燈

夏の灯

Natsunohi

形容夜幕低垂，照亮街道的燈火。
入夜，夜晚街道上點點燈火和夜空下的閃閃星光，是夏夜的流光美景。

白南風

Shirohae

漫長的梅雨季終於放晴，清爽的白南風陣陣吹來，一掃陰鬱潮濕的空氣。而預示梅雨季節開始的風，則稱為「黑南風」。

慈雨

Jiu

萬物蒙受恩惠的天降甘霖。
被酷熱陽光曬到漸漸失去精力的人們，渴望得到水分滋潤的植物，以及那枯涸的大地，都期待獲得甘霖雨露的滋潤。

蜃氣樓

蜃気楼

Shinkiro

地面上的物體懸浮在空中，近看消失，遠看成形的一種自然現象。常見於初春到夏季這段時間。

「蜃」指的是大的牡蠣，古代中國人深信「牡蠣吐氣，能形成樓閣（兩層樓以上建築物）」。

半夏生

Hangesho

在日本，因應歲時節令的流轉變遷，針對每季盛開的花或是不同風貌的天候現象，大約每五天賦予一個七十二候名稱，「半夏生」就是其中之一。

一年中，七月初這段白晝最長的期間，似乎永無止盡，對孩子們而言，無疑是可以盡情歡樂的美好時光。

稱為「半夏」的藥草也於此時生長成熟。

鳴神

Narukami

雷的別名。

以前人將「雷」神格化，有雷神、雷電神、霹靂神等等不同的稱號，被視為是天與地之間的媒介者。

大家熟知的是鳴神賜予大地的雨水可以滋養夏季草木，還有那轟隆隆作響的打雷聲。

心星

Shinboshi

北極星的別名。

心星一詞由來，所有天際中閃耀的星星，看似環繞著這顆位於「天空中心的星」繞行。

當人們行旅途中迷失方向時，它扮演一位守護者的角色，為你指引正確方位。

青水無月

Aominazuki

陰曆六月的別名。時值綠葉茂盛，故名青水無月。

其語源眾說紛紜，但看著這樣優美的詞彙，腦中不禁浮起這樣美麗的景象，在空無一人的都市裡，雨聲靜默地打在地面上那孤獨的聲響。

水無月盡

水無月尽

Minazukijin

過完了也稱為水無月的六月，表示曆法上的夏季已經結束（minazukijin）。水無月一詞的起源之一，相傳誤以為是「全力竭盡」（minashitsukiru）於農事之說。

鶯音入

鶯音を入る

Uguisunewoiru

那曾經宣告著春天來了，清脆高亢的黃鶯叫聲，當漸漸不再啾啾叫，代表夏季已來到尾聲，輪到秋高氣爽的秋天造訪人間。

朝曇

Asagumori

炎炎夏日，多雲的早晨。大多時候的盛夏早晨，灰濛濛的天空，更讓人覺得燜熱難耐。近代以後，朝曇成為固定的夏季季語。

雲海

雲の海

Kumonoumi

站在山丘上的展望台，往下俯瞰壯闊雲湧，望著這片浩瀚遼闊的蒼穹，白雲滔滔流動的樣子，突然心生錯覺，彷彿自己正站在海面浮沉。

風知草
Fuchiso

夏天一到，枝條前端會冒出小穗的山野草。腦海裡浮現了夏季微風吹拂，風知草輕柔飄逸的姿態。

初幟
Hatsunobori

為了使小男孩能平安健康地成長，在迎來出生後的第一個端午節日，豎立鯉魚旗來祈福，稱為初幟。各式各樣鮮豔的鯉魚旗在空中悠悠地飄舞，好不熱鬧。

綠畦
畦青む
Azeaomu

鄉間田野的小路長滿了茂盛的翠綠草木。從這時候起，開始進入農忙時節。

雨喜
雨喜び
Ameyorokobi

指期待許久的雨。

花草植物受到久違的雨灌溉而元氣飽足，卻讓人們深深嘆氣呀。

歡欣鼓舞，還是唉聲嘆氣？端看是以哪種立場來看待雨天所帶給我們的感受！

忘草
忘れ草
Wasuregusa

亦即萱草，忘憂草。

忘草的花期雖然短促，仍忘情地開著元氣飽滿的橙色花朵。看到這樣的生命力，我深深思索人也應該在有限的生涯中，盡情地活著，不留下任何懊悔與遺憾。

薰風
Kunpu

意同「風薰」。

初夏，穿過綠意間的清爽涼風。以往，也用薰風形容飄來陣陣花香的春風。

月見草
Tsukimiso

夜晚綻放四片大花瓣的白色花朵，隔天隨即枯萎，一種生命力稍縱即逝的植物。現在幾乎很少看到。

水戀鳥
水恋鳥
Mizukoidori

赤翡翠的別名。

傳說此鳥「看見自己倒映在水面上的大鳥喙，驚恐萬分，從此不再靠近水邊，只好以鳴叫聲來乞求天降雨露」。

立虹
虹が立つ

Nijigatatsu

雨後的天際邊，掛上一道彩虹。這時候，平日鮮少仰望天空的人，也會駐足抬頭看看彩虹，大夥一起分享讚嘆看到彩虹的幸福感。

麥星
麦星

Mugiboshi

在濕答答的梅雨季，放晴的夜晚中能看到的紅星，稱為麥星。因常見於麥子成熟時，故名為麥星。

梔子

Kuchinashi

夏初，開著宛如白色風車形狀的花朵。與瑞香（沈丁花）、丹桂（金木樨）並列為三大香木。帶有濃郁嬌豔的異國香氣。

淺蔥色
浅葱色

Asagiiro

即是藍綠色。指用蓼藍葉作染料，所染成淺藍色。襯有綠色的明亮藍，恰似清晨旭日東昇前海面上的顏色。

鴨頭草

Tsukikusa

露草的古名。以前的人會用鴨頭草花的汁液來染布料或紙張，因染後顏色會隨著時間逐漸褪去，象徵戀情如夢一般的虛幻。

油照
油照り

Aburaderi

一個既無風又被太陽曬得汗流浹背的日子。連要開口說聲「熱」都費力地令人覺得更熱啊！

風鈴草

Furinso

盛開時，會綻放或藍、或紫、或粉紅，色澤飽滿的花朵。風鈴草如其名，風一吹就會發出「噹鈴噹鈴」，聽起來清涼爽快的聲音。

系雨

Shiu

指細雨。亦作「霧雨」。細雨飄落地面的樣子，就像是從天垂落而下的無盡細絲線。

燒灼

Yakuru

灼くる

夏天曝曬在高溫的太陽下，像被燒焦似的狀態。

地球的自轉地軸約以23.4度度傾斜於軌道面，繞著太陽運轉，當陽光照射在地面上的角度產生變化時，就有了春夏秋冬四季。

那夏天就是地球運行巧然而生的產物，這麼一想，酷夏的燒灼也是奧妙自然界裡的一種奇蹟吧，頓時覺得心生歡喜，不再抗拒了。

海潮音

Kaichoon

從遠處滾滾而來的浪濤，返回海面的聲音。海潮二字並列，彷彿也可以聽見滔滔海浪牽引著潮起潮落。海潮音的無邊寬廣，正如佛教所說的慈悲之聲，無遠弗屆。

風薰

風薫る

Kazekaoru

穿越林間習習而來，帶著香味的微風。風中有初夏新綠與泥土的芬芳，也有陽光乾爽的香氣，讓人心曠神怡的風。與「薰風」、「青嵐」同義。

蓮浮葉

蓮の浮葉

Hasunoukiha

由蓮花的莖往上延伸至柄端長出新葉，敞開的嫩葉浮在水面上。蓮，自古以來深受人們喜愛。認為蓮花代表人類的現在與過去，而葉子則表示了未來。

夜焚

夜焚き

Yodaki

夏夜，漁家會在船尾點燈，吸引魚群群聚過來進而捕獲，是自古傳下來的一種捕魚方法。

想像著海上的點點漁火，就像是在一個月黑風高的晚上，看見夜空中出現一顆顆的星光，調皮地閃爍著。

Kimikageso

君影草

鈴蘭的別名。

稱為「君影草」，它開的花朵猶如一位俯首卻堅毅地等待著心上人歸來的少女。然而，那樣清純惹人憐愛的花卻帶有毒性，我深信萬物平等，如果你被它的外表所騙，那就會讓自己深陷於痛苦的折磨。

世界各地都喜愛這種花，英語暱稱為「山谷裡的姬百合」，德語是「五月的小鐘」。

冰中花

Hyochuka

將裝飾用的冰柱中放進各式草花，然後封存起來。

在冷氣房還不像現在這麼普及的時代，以前的人想必是為了維持涼意而絞盡腦汁吧。我對那些身處炎熱酷夏的先人們感到抱歉，能生在當今有如此絕美發想與創意的國度，真是幸福啊！

遠花火

Tohanabi

看見遠處正在施放煙火。想起遙遠記憶裡的那天，穿上了涼爽的浴衣去參加廟會祭典，嘴裡含著蘋果口味的糖果，撈著金魚，開懷大笑的模樣。

木下闇

木の下闇

Konoshitayami

樹蔭處。頂著大太陽走路，難耐的暑熱逼人，看見夏天的樹木下陰涼有風，便溜進樹蔭下乘涼歇息，心情頓時輕鬆不少，這樣的一處清涼，是夏天獨有的綠洲。

納涼

Suzumi

為了阻擋炎夏的酷熱，而發明了許多的抗熱產品。刨冰機、電風扇、金魚缽、扇子等等這些來驅走熱氣。自古迄今，這些想盡方法創造出來的避暑產品，雖然形狀樣式會改變，但仍會持續流傳於後世。

雲之峰

雲の峰

Kumonomine

積雨雲的別稱。朗朗晴空裡，藍天白雲相映襯是盛夏的一景。每當夏天抬頭看那輕飄飄的白雲，就心想雲嚐起來是什麼味道啊？會這樣想的人應該不是只有我吧！

暮泥

Kurenazumu

暮れ泥む

向晚之際，太陽欲走還留的天空。像是不讓沉睡的黑夜到來，只想留住陽光餘暉。「泥」是指泥濘，指事物陷於泥濘，無所進展。

朱夏

Shuka

夏天的別名。

掌理夏天事務的神明。和「炎帝」同。中國的五行思想，將春天喻為「青春」，夏為「朱夏」，秋為「白秋」，冬為「玄冬」，藉此來比喻人生如四季。

夕涼

Yusuzumi

夕涼み

指傍晚納涼。

夕陽西下，入夜後氣溫稍降吹來的涼風舒爽，讓人暫時忘記了白天的酷熱。在河川邊納涼，則稱為「川涼」。

波之鼓

Naminotsuzumi

波の鼓

指把海浪聲比喻成敲打鼓的聲音。

很多人對大海抱有一份特殊的情感，這或許是我們的潛意識中，覺知到自己所居住的地球，是被海洋環抱以及受惠於海的一種情感投射吧！

空蟬

Utsusemi

蟬成長羽化後留下的蟬蛻。原是生命的棲息處，如今破殼而出，徒留一個空殼，好像自然萬物最終是一場空的意象。

古七夕

Furutanabata

一顆構成夏季大三角的一等星「天津四」的和名。它出現於正南方的天空的時節，會晚於同屬七夕之星的織女星和牛郎星。

夏闇

Natsuyami

梅雨期間，四周所見一片漆黑。雲層覆蓋了夜空，遮蔽了星月的光亮，隱微的漆黑感正浸潤著梅雨的夜晚。

月下美人

Gekkabijin

夏季的深夜綻放白色的花，隔天早晨隨即凋萎的夢幻植物。只在花朵綻放時，釋放出清甜的優雅香氣。

夏霜

夏の霜

Natsunoshimo

在難以入眠的夏夜，看見月光灑落地面那一處的皎潔白光，宛如降霜一般，使人頓時感覺清涼。

長春花

Choshunka

金盞花、月季的別名。這個稱呼約從江戶時代開始，即使春天已經過了，金盞花、月季仍持續開著花。

夕端居

Yuhashii

難以消散的暑氣逼人，只有期待傍晚時，坐在簷廊，愜意地納涼放鬆一下，在這兒喝的冰涼麥茶是人間的極致美味。

日向葵

Hinataaoi

向日葵的別名。亦稱「日車」、「日輪草」。每次看到向日葵不畏強烈日曬，依舊挺立開著花，就讓我元氣飽滿。

潮鳴
Shionari
潮鳴り

潮來潮去的海浪聲。閉上眼睛，聽著海浪聲輕輕喚起那遙遠的記憶，還是個小孩時，每次到海邊戲水游泳，海灘上撿貝殼，一點都不想回家的那段歡樂時光。

怪鴟
Yotaka

形似長耳鴞，夜行性，灰褐色的鳥。與名字給人苗條的印象相反，其實牠的體型是可愛的。

羊蹄花
Gishigishinohana
羊蹄の花

生長於濕地，屬蓼科多年生草本植物。取了一個這麼充滿趣味的名字，日文的奇妙發音總會讓人不自覺脫口而出，念出聲音來。

禊
Misogi

陰曆六月在神社舉行的祭神儀式。用河、海之水清洗身體淨化身體，以驅除人的罪惡與污穢。

末摘花
Suetsumuhana

紅花。無法想像那看似素雅質樸的花朵、卻是用來作為化妝用鮮艷色彩的紅色染料。

蝸牛
Katatsumuri

以前亦讀作「katatsuburi」。紫陽花瓣上可以找到它們捲曲的身影，這讓我的腦海不禁響起了小時候常常哼唱的兒歌旋律。

降暮
Furikurasu
降り暮らす

從早上就一直下雨。加緊腳步趕回家的人，要出門辦事的人，大家都抬起頭望著雨天的天空，引頸期盼太陽快快露出臉來呀。

陰陰鬱鬱
Furimifurazumi
降りみ降らずみ

雨要下不下的樣子，說下雨了，幾分鐘後，雨又停了。天氣就像個令人難以捉摸，任性的少女心啊！

夏木立

Natsukodachi

指入夏後，長滿青翠樹葉的樹木。夏天的日照輻射，曬得人頭暈目眩，這時如果看到眼前有棵大樹真會讓人安心不少。可以在樹蔭下乘涼，抬頭看看那在空中輕輕搖曳的枝葉，偷懶地打個盹，這些都是夏日的最佳禮讚吧。

古戀鳥

古恋鳥

Inishiekorutori

杜鵑鳥的別名。弓削皇子送給額田王的有名和歌曾說道：「古爾 戀流鳥 鴨弓絃葉乃三井能上從 鳴濟遊久」。古戀鳥是吟詠和歌時，常用象徵夏天來臨的鳥。

夏書

Gegaki

夏天，僧人書寫佛教經典。精神修行是在結夏安居的一環。

所謂安居根源於釋迦佛之教義，指「禁止妨礙萬物生長，不得殺生」。

蓮見

Hasumi

早晨外出走走，看見蓮剛開花的景象。蓮會在近晚時分，慢慢閉合花朵，所以人們便在早上出門觀賞蓮花。

自古，蓮花就被推崇為極樂淨土之花。

樹雨

Kisame

蓊鬱的林間，濛濛霧氣在樹枝葉上聚為水滴，風一吹，如落雨一般。

心中有一處充塞著水氣卻靜謐的森林之地，只有那裡才能感知到從未染過塵俗的聖潔時刻。

青田波

Aotanami

風吹過青翠的稻田，飽滿的稻穗隨風擺盪，如起伏的波浪一般。突然吹過田間的那陣風，掃盡心中鬱悶之氣，而讓人頓感清爽。

白夏

Susanatsu

來自沖繩縣八重山群島的用語。沖繩當地，將夏到冬的時節變化，劃分為一大季節。

「白」在陰陽五行中代表著秋天的顏色，而稱為白夏，大概是暮夏之際，天氣逐漸涼爽而與白色的意象有所疊合了吧！

夏宵

夏の宵

Natsunoyoi

指夏天，太陽剛下山的暮色時光。慢慢暈染天際的漸層色彩，由橙橘轉紫色，再從紫色轉為藍，讓人由衷地讚嘆著：「能活在這世界真是美妙呀！」

星涼

星涼し

Hoshisuzushi

仰望星空，涼意襲身而來。看著星星閃亮的光芒，白天鬱積在體內的那股熱氣，慢慢地退散消失。這股涼意是上天送給輾轉難眠的人，度過夏夜最好的禮物呀！

茅花流

茅花流し

Tsubananagashi

茅花屬禾本科植物，常見於原野、河邊。初夏時，開出如芒花般的銀色花穗，當南風吹拂而過，花穗便搖曳生姿。

看著毛茸茸花穗迎風擺動的樣子，想起了鬆軟動物毛茸茸的細毛，還有在土耳其的市場撫摸觸感柔軟的波斯絨毛毯，令我著迷不已。

夕凪

Yunagi

傍晚時刻，當海洋與陸地幾乎同溫度時，空氣對流會暫停而產生無風的靜止狀態，稱之為夕凪。這種傍晚風平浪靜的自然景象，在瀨戶內海一帶，以及長崎和熊本等地，頗有盛名。

像我居住的瀨戶內海街上，當浪靜波平時，強烈的西曬日光，使得海、天皆染成紅色，彷彿是神祕時光降臨那樣，讓人分不清楚天與地，何者為上？何者為下？

豐年星
Honenboshi

指夏季出現於南方天空，「心宿二」這顆明亮紅色的星星的和名。也被稱為是火星的敵人，彼此較勁到底是誰比較明亮呢？

旱星
Hideriboshi

豐年星的別名。旱星之稱，是因為在連續不下雨的夏日，天氣晴朗的夜晚能看見它。而通稱為紅星，因為其紅色的外觀近似於火星。

白雨
Shirasame

夏季午後，雲層漸漸聚集成積雨雲，開始下起大滴如白珠的雷陣雨。突如其來的一場雨，卻可以趕走夏日的悶熱。

夏盡
夏の果て
Natsunohate

夏天已到尾聲。頓時，讓我感到不知所措，總覺得好像還有未完成待辦的事項，或者是忘了一些重要的事情啊！

晚夏光
Bankako

曆法上的七月半到八月初這段時間，照理說應該還是酷夏，卻讓人感覺到光照漸漸黯淡。

秋隣
Akidonari

夏天即將結束，接著換鄰居秋天來訪了。看到這詞彙，想像夏天笑嘻嘻地呼喚鄰人好友秋天快來吧！

夜之秋
夜の秋
Yorunoaki

夏天臨去之際。入夜後，突然感覺到秋天涼颼颼的涼意。看那逐漸離去的夏天身影，突然有點不捨那暑氣逼人的日子了。

夏終
夏終る
Natsuowaru

夏天即將過去。「盡」、「終」二字出現，總是伴隨著一種難以言喻的失落感。

第三章

秋

Autumn

熱鬧的夏天遠離，
世界將慢慢開始進入準備歇息的秋天了。
即使知道自然萬物需要休養生息，
但秋天卻是個令人感到格外孤獨，
又不知怎地悵然若失的季節啊！

星之貸物

星の貸物

Hoshinokashimono

這一詞彙源於以前的婦女在七夕夜那天，會將縫製完成的小袖等衣服掛在笹枝（小竹枝）上，表示將織布材料借給織女，來求得更嫻熟精湛的縫紉技術而來。「笹」和「星」會讓人連想到夏天，但秋天始於陰曆七月，因此七夕的相關用語被視為秋之季語。

從詞彙字面來看，讓我想像夜空中的點點繁星，彼此相互交換物品的模樣，不禁覺得可愛而莞爾一笑了。

星合之空

星し合いの空

Hoshiainosora

指七夕的夜晚可以清楚地觀看到星星。除非是晴朗無雲的天氣，對在地表上的我們來說，是很少有機會看見牛郎與織女兩人相見的時刻，或許是難得一年一次的會面，不願意受到打擾吧！

那片雲上的兩人，可能正牽著手，互訴衷情呀！

星之手向

星の手向け

Hoshinotamuke

指七夕當日，祭祀織女與牛郎。

「手向」是指供奉神佛、亡靈之供品，也被引用為對即將分離的人餞別。

遙想著兩人久別重逢，互相傳遞熠熠星光的氛圍，那是無盡愛戀與溫暖的溫柔話語。

秋燈

Shuto

照亮秋夜的燈火。

不知何故，總感覺秋天的夜晚永無止盡似地，使人不自覺的熬了夜。常常就這樣邊看書邊拿著熱茶啜飲，而陷入沉思。望著桌上的燭火或窗外的街燈，不禁感嘆，真是一個美麗幽靜的秋夜。

催淚雨

Sairuiu

被允許一年只能相會一次的牛郎與織女，卻在相會的七夕那天下起雨。

如果下了雨就無法橫越銀河，兩人就無法見面。一想到那情景，心中滿是憂傷。

寢待月

Nemachizuki

指陰曆八月十九日晚上的月亮。睡睡醒醒的等著，遲遲不露身影的月亮高掛天際。抬頭觀望月影動靜，涼風颼颼吹動芒草的當下，看見月亮出現了，真是充滿秋天味道的風情啊。

不知火

Shiranui

約陰曆八月一日前後，在九州的八代海和有明海的海面上，會看到光的海市蜃樓景象。因為「不知原因而產生的火」，而有了不知火的稱呼。

秋聲

秋の声

Akinokoe

風吹過樹葉和草木的沙沙聲，鈴蟲、蟋蟀的鳴聲，枯葉凋落的聲音，秋之「聲」藉由這些傳到我們的耳裡。

四季更迭，默不作言，而是悄悄地以自然的萬象變化告訴我們，時序已流轉遷移，新舊季節即將交替。

夜半之秋

夜半の秋

Yowanoaki

「夜半」是指晚上十一點到十二點左右。

時序入秋之後，晝短夜長。夜半之秋，已是夜深人靜。讀書或學習彷彿也隨著夜晚時間變長而進展了不少。

窗外高掛天際的柔和月光灑落屋內，傾聽唧唧蟲鳴聲，伴著我時而專注、時而放空的思緒，這樣的恬靜秋夜，甚是愜意。

天高

天高し

Tentakashi

與「秋高」同義。意指萬里無雲，秋高氣爽的樣子。

仰望那遙遠又一片澄澈湛藍的秋日天空，穿透似地像看見了天空的另一端。

白秋

Hakushu

發端於中國的五行思想，將春夏秋冬，喻為青春、朱夏、白秋、玄冬，而人的一生也如四季之消長。

這些優美詞彙的比喻，提醒了人們不管幾歲「能活著，就是美好」。想想其實年紀漸長，也不是壞事啊！

夕月夜

Yuzukiyo

夕月為從陰曆八月初到上弦月出現這段時間的月亮。

回家的路上，夜空幾朵浮雲遮蔽了星光，昏黃月光照著的小徑氛圍與平日迥異，不禁想繞點路，隨意走走。

爽籟

Sorai

秋天颯爽涼風的聲響。「籟」是由三孔笛吹出的優美音色。被炎熱酷夏削弱的體力，焦急地等待涼爽的秋風吹來，以爽籟來形容秋天確實是貼切又優美的詞彙。

星飛

星飛ぶ

Hoshitobu

指流星劃過天際，從天上墜落的景象。

都市裡過多的人造燈光，很難看見流星。如果正身處幽暗之地，你可以仰望夜空中墜落的星星，那宛如光之雨的景象，會讓你驚嘆不已。

白露

Hakuro

二十四節氣之一。約九月中旬左右。

這段期間，氣溫降低，大氣中飄浮的水氣凝結成露珠。

露珠滴落在草、花上的模樣、晶瑩透亮如寶石一般。

律風

律の風

Ritsunokaze

秋風。律，指音調或音階。

直到現在，那吹起捲曲枯葉漫天飛、冷颼颼的秋風一詞，我並不覺得優美，而自從得知另外賦予了秋風一個輕快語感的別名「律風」後，感覺有點喜歡秋風了。

色無風

色なき風

Ironakikaze

源於中國之詞彙，即秋風。中國的「五行思想」中把「秋風」稱為「素風」，受影響之後的日本季語，將之改為色無風。

沒有鮮豔色彩的風，無法用眼睛看到的風，像這樣以色彩的概念來賦予風之名的纖細感性，也是當今的我們不想失去的無形文化吧！

星今宵

Hoshikoyoi

指七夕。秋之季語，感懷也許只能在繁星點點的今夜裡，望見織女發出內心真切願望的耀眼星光。

秋之螢

秋の蛍

Akinohotaru

指元氣滿滿地度過了夏季，到秋天仍有生機的螢火蟲。螢火蟲發出的微弱光芒，像是在譬喻生命的逐漸衰微之相。

八朔

Hassaku

陰曆八月一日的別名，也是慶祝稻作豐收的日子。這時節，也可以品嚐到一種名為「八朔」具有獨特苦味的柑橘。

水澄澈

水澄む

Mizusumu

夏日暑氣消散後，水變得澄澈乾淨。河川、海洋，甚至小水窪的水都變得清透，連被風吹拂而過的肌膚也乾爽光滑了呀！

二夜之月

二夜の月

Futayonotsuki

指陰曆八月十五日與九月十三日夜晚的月亮。以前的人並稱二夜之月，而迴避「片月見」之名，認為若只看到十五夜之月或十三夜之月，是不祥之兆。

十六夜

Izayoi

指陰曆八月十六日的月亮。這一夜的月亮會比滿月那天稍晚出現夜空，好像有點「猶豫」（いざよう，izayou）不決的樣子，因此稱為音近的「十六夜」(izayoi)。

立待月

Tachimachizuki

陰曆八月十七日，仰望天際時能看到的月亮。從這時起，月亮上升的時間會越來越晚，冬意的氛圍則漸漸轉濃。

桂秋

Keishu

陰曆八月的別名。源於此時是桂花開的時期。形狀獨特的花，每次看到都會聯想到鳥兒展翅的姿態。

素月

Sogetsu

陰曆八月的別名。皎潔明月高掛天空。「素」蘊涵了保有原來樣貌之意。

二日灸

Futsukakyu

指陰曆二月二日、八月二日兩天，人們為祈求能無病息災所做的艾灸療法，據說在這二日灸的效果比平日加倍，是一年中會反覆施行的要事之一。

雁渡

Kariwatashi

雁渡し

指時序由夏入秋，風吹漸涼，人們換裝一事。因為這時候正好是雁群從北方南下避寒，故稱雁渡。

殘炎

Zanen

即使已入秋，仍殘留些許夏季之暑氣。同「殘暑」。遲遲不肯離去的暑熱悶濕，好像告訴人們夏天還在，別忘了喔，真是可愛呀！

百代草

Momoyogusa

以菊、艾草和鴨拓草等植物為主的藥草總稱。知道它們雖是不同種，卻同樣命名為百代草時，看它們一起在原野裡隨風搖曳的模樣，就好似志同道合的友人齊聚一堂。

秋之村雨

Akinomurasame

秋の村雨

秋天，持續不斷下雨的日子。淅淅瀝瀝的雨聲，彷彿世界就是它的舞台，彈落在樹葉上，敲打在屋頂上，奏出美妙而規律的節拍，真是一場自由的雨之交響樂。

錦秋

Kinshu

秋風起，葉紛落。那散落一地的黃色、紅色與茶褐色樹葉，宛若編織成錦繡絨毯般迷人的秋色。卻也意味著時序將流轉入冬了。

牽牛花

Kengyuka

朝顏的別名。於黎明時開花，只有早起的人才能見到它那瞬間綻放的美妙時刻。

星月夜

Hoshizukiyo

朔日之夜，滿天星斗閃亮夜空。彷彿可以聽見星星快樂地哼唱，今夜是我們的主場，就由我們來發光發亮吧！

新涼

Shinryo

初秋之際，感覺到的涼意。人們在夏天感受到的涼爽大多是心理作用，而秋天一到，體感溫度確實可以感受到氣溫下降的涼意。

置團扇

団扇置く

Uchiwaoku

涼風吹拂這一向無法耐熱的頸項、額頭，漸漸來到可以放下團扇子搧風的季節了。

紅葉之帳

紅葉の帳

Momijinotobari

紅葉似錦之秋色。踩在足下與映入眼的一切都是紅黃絢麗爛漫的秋葉，全身被濃濃的秋意包裹著。

秋黴雨

Akitsuiri

彷彿要抹去最後殘暑的餘威，連續數日不停地下雨。這雨水啊，就是要洗盡對夏日的眷戀，重新畫上新一季的色彩，卻比春雨多了幾分的寂寞呀！

秋風落莫

Shufurakubaku

蕭颯秋風吹起，走在無人的街道，感受到萬物漸次凋零，一股寂寞感遂湧上心頭。那曾經充滿繽紛色彩的熱鬧夏日，已褪色而去。

穗波

Honami

農田裡，成熟的稻穗麥穗，被風吹得如波浪擺動搖曳。這只能於秋天一期一會的金色穗波，是豐收的農作之海。

夜長

Yonaga

夏至過後，夜慢慢地拉長了。用山鳥的長尾巴譬喻為漫漫長夜之意，像在訴說這是獨自一人的寂寞夜晚。

秋渴
Akikawaki

秋渇き

形容秋天一到，不管怎麼吃都不會飽。這個季節，確實得讓被炎夏暑氣傷到的身體，好好地進食一番，以補養耗損的精氣神。

秋意
Shui

我的心隨著秋天的蕭瑟景象與天氣而起伏不定。連看到在空中飄舞的枯葉，竟也無意識地唉聲嘆氣了起來。

碇星
Ikariboshi

仙后座的和名。因有五個亮星並排如山形狀，亦稱為「山形星」。是個一年四季都可以觀測，又易辨認的星座。

秋曉
Shugyo

秋天的黎明時分。隨著天氣轉涼，賴床時間就越拖越久，很想跟神明拜託讓這段時間「永遠」停駐，讓我可以窩在「棉被」裡繼續睡覺。

菊日和
Kikubiyori

持續風和日麗的好天氣，正迎來了菊花盛開的時刻。宜人的秋風吹拂而過，像要帶走菊花清雅的香味似地。

秋朝
Kinaketsu

きなけつ

秋天的早晨。秋朝一詞，給人一種在冷涼的早晨中帶有清新的氛圍，令人心情愉悅地哼起歌來。

山茶花散
Sazankachirashi

山茶花ちらし

下了場雨，打濕了山茶花，花瓣也落了一地，望著地面上片片飄零的紅色落花瓣，心生幾分的感傷惋惜。

月代
Tsukishiro

月亮上升前，東方天空逐漸泛白明亮起來。月代，表達了多麼期待十五夜月圓的想望之情。

燕歸

燕帰る

Tsubamekaeru

秋天一到，燕子們帶著成長中的幼燕往南方飛去避寒過冬，等來年春天再南返回舊地。凝視著屋簷樑上的空巢，不禁覺得些許落寞，但也同時希望牠們這趟旅途能平安無事。祈願來年能再相遇。

燈火親

灯火親しむ

Tokashitashimu

既不冷也不熱，氣溫舒適宜人的秋天夜晚最適合點盞燈，悠閒坐在燈下隨心所欲地展書閱讀，沉醉在書的世界直到深夜，也是人生一樂事。

梧桐

桐一葉

Kirihitoha

桐樹落一葉而知秋。

桐樹屬落葉樹木，比其他樹種更早葉落飄散，看見桐樹落葉便知秋天來了。

在中國用它來形容老衰之兆。

我拾起片片落葉，就像拾起自己的戀慕之心，這或許該說是秋天給人特有的氛圍吧！

霧籬

霧の籬

Kirinomagaki

「籬」用樹枝或竹條編成的圍籬。形容濃霧密布就像籬笆那樣遮蔽了物體，讓人看不清。

以前清晨與夜晚的氣溫大概都比現在要來的低，所以容易產生霧。自古，關於秋日情懷，就有不少是描寫霧的季語。

山妝

山粧う

Yamayosou

形容秋意轉濃，山巒漸漸地染上秋色。以前的人樂於觀察春夏秋冬群山不同變化的風貌，而給了春「山笑」、夏「山滴」、秋「山妝」、冬「山眠」來形容四季山景的變化。

金風

Kinpu

從西邊吹來的秋風名為金風。每當那寬闊的金色海洋，浪花宛如柔軟的馬鬃毛隨著金風起伏時，那浪聲讓人聽了舒暢解憂，讓人瞬間以為置身在大海中。秋風吹，芒花在風中搖曳。

萩花落

Koborehagi

こぼれ萩

大約是中秋過後，萩花開始凋落，散步時，腳邊會多了份迷人色彩。開著無數紫紅色可愛小花朵的萩花，像是圍繞在草木間飛舞的蝴蝶。雖然我還沒親眼看過萩花落的風景，但我想像那一定也是不輸給櫻花飛落的美景。

薄月

Usuzuki

月亮披上一層薄雲，模糊不清要融化似的樣子。不論時代更替，月亮總以風情萬種之姿，引人遐想愛慕。

月光穿透雲間，隱隱約約地照亮暗夜，這樣的夜稱為「薄月夜」。

下紅葉

Shitamomiji

指草木的葉子，從底端開始轉成紅葉。

觀賞這些依季節變化而改變外觀的植物，這份純粹，對我而言是反躬自省的最佳示範。

良夜

Ryoya

明月當空的晴朗夜晚。

一輪中秋明月掛天際，風輕輕吹，人與自然萬物都度過了一個慵懶恣意的良夜。

桃吹

Momofuku

桃吹く

棉花的果實如桃，成熟後會自動迸裂如棉球。彷彿是小白兔的尾巴，讓人不禁想伸手觸摸看看。

爪紅

Tsumakurenai

鳳仙花的別名。

自古，會將紅色花絞成汁作為女性塗擦指甲的裝飾用料。不管時代如何變遷，想要美麗的心情是永遠不會變的。

秋波

Shuha

用來形容秋天澄澈的波浪。

也意指，美人那雙清淨透徹又帶感性的眼睛，頻送秋波以撩人。

茜雲

Akanegumo

清晨或黃昏時分，能看到天空雲彩染成一片片紅。

拖著長長的紅色雲彩恣意地揮灑天空，給人無限的想像空間。

笑栗

Emiguri

秋天，栗子成熟，外皮爆開而從裡面露出栗子的樣子，那模樣像是大笑，令人不禁莞爾。

栗名月

Kurimeigetsu

在陰曆九月十三日這天備齊了代表秋天味覺饗宴的栗子或豆子來賞月，故名為「栗名月」，與十三夜同義。

綿秋

Wataaki

秋天是棉花果實成熟的季節。果實成熟後爆裂，露出裡面的鬆軟棉絮團，就像是一朵純白的花。

月鏡

月の鏡

Tsukinokagami

比喻明月映照水面，如鏡一樣。在無風的夜晚，看水面上皎潔明月的倒影，常讓我著迷到忘了時間的流逝。

秋果

Shuka

等待收穫秋天熟成的水果。秋天是個可以一飽眼福與口福的美味季節，看到那琳瑯滿目的水果就在眼前，就很想每一種都拿起來嚐嚐。

爐開

炉開

Robiraki

收起泡茶煮水的茶具「風爐」，開始改換冬天使用的「爐」。以今日生活來說，就是要開始使用暖氣等電器了。

秋時雨

Akishigure

秋天的瞬間及時雨。怎麼感覺才開始下，突然又雨停了，令人難以捉摸。真像個淘氣天真的孩子。

黍嵐

Kibiarashi

颳起暴風，將收割好的一種五穀雜糧「黍」吹得東倒西歪的風，稱為黍風。

落栗色

Ochiguriiro

表面是黑中帶紫紅色，與膚色的內裡相襯，表現出具有亮澤感的赤褐色，也是和服的一種配色。

菊重

Kikugasane

外為白，裡為淡紫色相襯的和服配色。在諸多說法中，有一說認為白色代表菊花，而淡紫色則表示冬天沉睡寂靜的意象。

結露

露を結ぶ

Tsuyuwomusubu

秋氣小寒，氣溫漸低，大氣中的水氣在草木上凝結成水滴。黎明晨起時，經常可見葉面及花瓣上的露水凝結成滴。

神留守

神の留守

Kaminorusu

陰曆十月「神無月」之別名。這個季節，守護全國的神祇會在祈求男女姻緣的出雲大社聚集。

暮秋

秋の暮れ

Akinokure

指秋天向晚時分。夕陽西下，草叢間開始發出蟬鳴聲，混著潮濕的空氣，這就是秋天吧，一個滿懷情感的秋天景色。

身入

身に入む

Minishimu

感同身受之意。這個詞彙用意，原本和季節無關，但因秋日給人淡淡哀愁之感，而成為固定的季語用詞。

澄淨之秋

秋季澄む

Shukisumu

秋日，朗朗晴空，深深地吸入一口乾爽涼冷的空氣，全身感覺到沁涼舒暢。

露之世

露の世

Tsuyunoyo

比喻世事猶如那稍縱即逝的露水。人的一生看似悠長，其實是在短暫須臾之間，既是如此，就更要好好珍惜每一天，盡情又自在的活著。

暮蟬

かなかな

Kanakana

蟬之別名，如同其「咯納咯納」的鳴叫聲。記憶中，牠與夏天的結束有所連結，但在俳句的世界裡，被引為秋之季語。

弄月

Rogetsu

指賞月。古來，文人雅士創作以山川花草等景色為題材的詩歌時，喜以「吟風弄月」之風雅來歌詠之情懷。

種採

Tanetori

草木花葉落後，準備入冬休眠之際，農家開始採摘種子，農人們從中挑選出品質優良的種子，妥善封裝保存。直到大地回暖，萬物復甦之日到來前，這段期間是植物片刻的休息時間。

秋櫻 秋桜 Akizakura

波斯菊的和名。因花似櫻花花瓣而得名。看著帶有透明感的粉桃色或白色花瓣在風中搖曳的模樣，讓人猶如置身夢境。

九月盡 九月尽 Kugatsujin

指陰曆九月的最後一天。

在這象徵一年的秋季已到尾聲的日子裡，大概得要傾全身之力，來努力回味這一季秋日饗宴。

秋濕 秋湿 Akijimeri

傾盆的秋雨，潑濕大地，空氣盡是潮濕味。在這種濕氣飽足的天氣，就屬那看似無心的植物，比平日抖擻而開心啊！

蟲送 虫送り Mushiokuri

每年為了保護稻作而驅趕害蟲，是日本的固有傳統儀式。

參與者點燃火炬，穿梭農田間，將害蟲驅趕並送行到河邊或是村落邊界。

紅葉且散 紅葉且つ散る Momijikatsuchiru

秋日，樹葉轉紅，輕輕飄落一地。望著在風中恣意飄舞的紅葉、黃葉的景色，看似愉快卻有種莫名的哀愁啊！

星走 星走る Hoshihashiru

指流星。

正當要抬頭向星星許願時，星星突然在天上「奔走」，嬉戲了起來。

秋聲 秋声 Shusei

風聲、葉落聲、蟲鳴聲，切切地感覺到秋天的自然聲響。夏日已逝，天涼之秋正可舒緩緊繃許久的身心。

豐秋 豊の秋 Toyonoaki

秋天稻作豐收之事。

對有情生物而言，從此刻起，即將迎來嚴峻寒冬，為了能安然度過冬天，稻米是不可缺少的糧食。

釣瓶落

釣瓶落とし

Tsurubeotoshi

「釣瓶」意指打取井水的桶子。形容秋天近晚時分，將「釣瓶」滑落至井底打水上來之詞。

無月

Mugetsu

中秋月圓之夜，被雲層遮住的月亮。雖然感到可惜，無法看到期盼中的皎潔明月，但等待偶爾從雲層透出的月光，也是別有一番風趣。

龍淵潛

龍淵に潜む

Ryufuchinihisomu

「龍於春分登天，秋分潛淵」這句季語的出處是根據中國後漢時代的字典而來。現在龍淵潛則是指秋分。以相信龍即是水神的信仰來說，深秋之際，龍神潛伏於澄淨的水中以休養生息，一點都不足為奇。

鱗雲

Urokogumo

小小點狀的白雲集成碎片妝點著天空，像極了魚鱗的雲。

看著鱗雲無拘無束地遨遊天空，也讓我的心雀躍了起來。

忘音
忘れ音

Wasurene

指秋末冬初，蟲叫聲漸漸變得微弱。漸漸消失讓人遺忘的聲音，正與那緊貼肌膚的涼冷空氣，都將成為心底深處的一段記憶。

木守柿

Komorigaki

為祈求來年能豐收，特意在樹上留下一顆柿子。對人們而言，那是將願望高掛在樹上的意象，而這顆被特地保留的柿子，也成為鳥兒的珍貴食糧，或許這是連結人與自然之間最真實的一種互動關係吧！

稲架掛
稲架に掛ける

Hasanikakeru

把收割的稻穀收束，掛在木棒上曬乾。和風的溫柔吹拂，吸收太陽日曬的養分，經由這樣的程序，使穀糧富含滿滿大自然能量，米也格外地美味。

尾花

Obana

芒花的別名。因為濃密的花穗，像是動物的尾巴而得名。每次在路邊看到尾花，就想到家裡的貓，然後就不自主地帶了些給它的點心回家。

有明月

Ariakezuki

破曉時分，西邊天空的殘月亮，通稱為有明月。同「殘月」、「朝月」。從平安時代起，就有仰望有明月，會讓人想起離別的戀人而感傷的說法。

龍田姫

Tatsutahime

司掌秋天的女神。原為龍田山之神靈，被稱為風神。與執掌季節之神的春之女神「佐保姫」齊名。

精靈流

精霊流し

Shoryonagashi

盂蘭盆結束的那個夜晚，點上小燈籠裡的燈火放水逐流，藉以送走亡靈之儀式。那個未知的世界與這個娑婆世界，就在飄盪的燈火明滅裡，充滿無盡哀思地且走且停，漸行漸遠了。

冬鄰

冬隣

Fuyudonari

冬天快來了。雖然對於即將迎來嚴峻的寒冬而感到憂愁，但這麼可愛的冬鄰一詞，卻讓心又溫暖了不少。

朝寒

Asasamu

時序近冬，早晨已感到寒氣逼人。從暖呼呼的棉被中爬起床，接觸冰涼的空氣，這真是一大折磨呀！

曼珠沙華

Manjushage

彼岸花的別名。意指在天界盛開的紅花。既妖豔又美麗的花，卻暗藏劇毒，這就是所謂的「美人總是帶刺」。

秋方

秋つ方

Akitsukata

指秋天。秋日時光，有太多值得令人玩味之事，特別是那丹桂花釋放出的獨特香氣，會讓人想把那氣味封固在小瓶子裡，隨身攜帶著四處走走。

御山洗

Oyamaarai

富士山即將封山時，降下的雨稱為御山洗。這雨水沖刷洗淨富士山開放那段期間，被遊人踩踏過後所留下一地的狼藉與躁動。

鮭颪

Sakeoroshi

仲秋之際，於東北地方颳起強烈的風，稱之為鮭颪。此時正是鮭魚洄游至出生的河流上游產卵的季節，因此得名。

行秋

行く秋

Ikuaki

秋天逐漸遠離時刻，染紅的紅葉，枯黃的落葉都漸漸失去色彩，大地將進入單一貧乏的色調。

噓寒

うそ寒

Usosamu

指從中秋到暮秋這段時間，氣溫漸漸降低的日子。「噓」是指「微」寒，這時節是得穿上薄長袖來禦寒氣了。

蟲時雨

虫時雨

Mushishigure

所謂的時雨是指從秋末到初冬這段時間，下下停停的小雨。

而眾多的蟬齊聲鳴叫的樣子，則被喻為是蟲時雨。

漫寒

そぞろ寒

Sozorosamu

知歲一寒又是一冬，手腳因寒冷而起疙瘩，看來得換掉薄長袖改穿厚衣了，唉，歲月匆匆不禁感到寂寞啊！

黃落

黄落

Koraku

秋意漸濃，植物也漸漸失去活力地迎接冬天，黃葉落滿一地。想踩在那遍地乾爽的黃葉上，聽那沙沙聲，聽那蕭瑟的秋聲。

火戀

火恋し

Hikoishi

天氣變冷，就貪戀那爐火燒得暖熱。過了那秋分彼岸後，早晚溫差就帶有點冰涼的小寒之氣了。

球根秋植

球根秋植う

Kyukonakiu

趁天寒地凍之前，把即將在來年春天萌芽的球根埋入地下。

待春日暖陽普照大地，甦醒過來前，請在泥土的溫暖覆蓋下，安心地休眠吧！

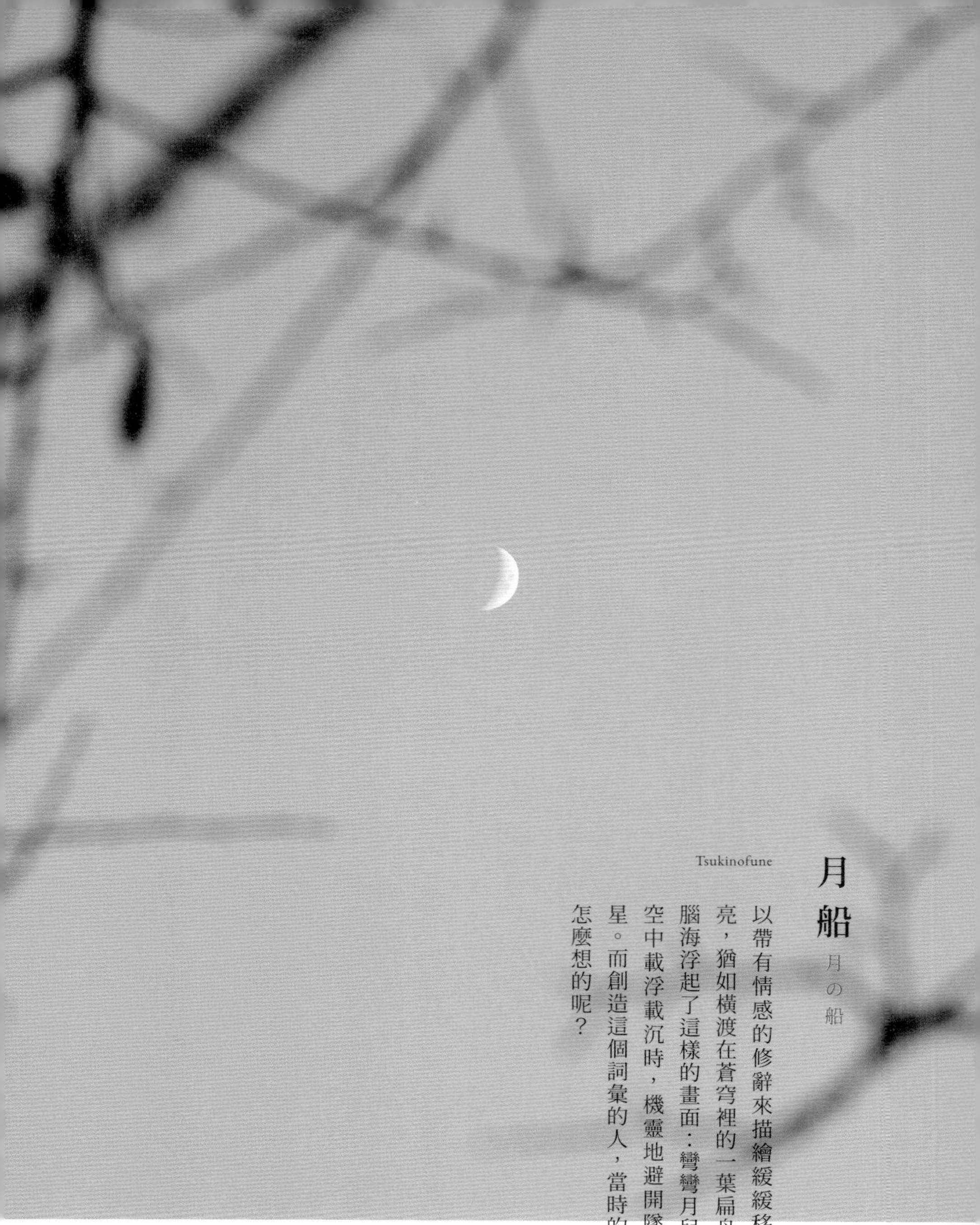

月船

月の船

Tsukinofune

以帶有情感的修辭來描繪緩緩移動的月亮，猶如橫渡在蒼穹裡的一葉扁舟。我的腦海浮起了這樣的畫面：彎彎月兒，在夜空中載浮載沉時，機靈地避開墜落的星星。而創造這個詞彙的人，當時的心裡是怎麼想的呢？

霜降

Soko

二十四節氣之一。約在十月下旬。時序真的入冬了，可以明顯感受到早晚刺人的冰冷空氣，動靜之間添了幾絲寒意，山巒也結上一層白茫茫的霜，秋天確實已遠離了。

塞北窗

北窓塞ぐ

Kitamadofusagu

為了不讓朝北的窗戶吹進寒風，於是關了北窗。期待著再度打開北窗，春暖大地到來的同時，也得著手準備入冬事宜了。

霜聲

霜の声

Shimonokoe

夜色漸漸深，感覺屋外霜落下的聲響。輕輕地踩在結霜的地面，會發出清脆的回音，那回音彷彿是霜跟你東南西北地話家常，讓人感覺心情愉快極了。

霎時施

Kosametokidokifuru

指每年從秋天到初冬這段期間下的雨。是七十二候之一。這段期間每下一次雨，氣溫便會逐次下降，寒氣也隨之俱增，感覺凜洌的冬天已經近迫身邊了。

訴說·從那之後

After the moon has gone

砂山那一頭的廣闊天空，已經全然褪去黑夜面紗，抹上一層淡淡的紫色脂粉。

包括我在內的居民都知道，出現這樣的天象時，氣溫將會異常的酷熱。我得確保有足夠的水使用，自言自語地嘀咕著。這個月已有多次沙塵暴肆虐，真是苦了那些剛新生萌芽的植物，似乎已奄奄一息了。

我開了一間有著柔和乳白色圓頂的店，座落的位置有點被砂山的山影遮擋住。但由於光的變化會投映在牆壁和天井上，讓人彷彿置身在多彩的夢幻泡泡裡。小小的店面，只有一個櫃台與一座藥櫃子。藥櫃上陳列著大小不一，約四十種左右的藥瓶子。藥瓶裡分別裝著各式各樣不同顏色和形狀的小碎片。

「嗨，你好！看來今天似乎又更熱啊！」我走到店外掛起招牌時，來了一位全身到腳穿著白長袍，身材纖細，有著濃密落腮鬍的男人跟我打招呼。他是我們附近教會的牧師——Ted先生。

「Ted，好久不見了。今天早上怎麼會來呢？」

「沒什麼啦，就只是想要多準備一些眼淚藥，你這有嗎？」Ted繼續說話。

「你看，今天是例行的『月弔』。『月亮追思會』，大家都會流眼淚吧。中午過後大家應該就會陸續集合，所以我想趁現在來準備一些。」

啊，我的腦子裡閃過幾個認識的人的臉孔。這麼說來，今天是月亮消失三百年的日子。

「好，你只需要單一眼淚藥處方就好嗎？還是要添加一些具情感性的藥方呢？從悲傷到苦澀一應俱全，而且品質優良喔！真是不好意思，我是剛好想到今天是月弔日，或許你會多買一些以備不時之需。」我對今天會很忙碌的Ted提出這樣的建議。

「目前先這樣就好，只是例行的傳統儀式，不需要添加情感用藥。」Ted這麼說。

我點點頭，然後拿起藥櫃右邊數來的第四個瓶子，從裡面取出約二十粒左右的淺藍色碎片放到袋子封裝起來。被裝進袋子的碎片彼此互相碰撞時，每次都會發出像音叉那樣的清脆聲響。

「謝謝你的幫忙。」Ted揮揮手道聲再見後，人影就消失不見了。

原來是這樣啊！照情況看來，今天勢必會舉辦月亮追思會了。本來我打算到鎮上去吃午餐的計畫可能要取消了。如果取消，那我可能會到晚上都沒空吃東西，這實在沒辦法啊！

月球拋離地球今天剛好滿三百年。某一年，月球突然以加快的速度遠離地球，原來轉瞬間已經過三百年的光陰。它就消失在宇宙的某處。那時候，我們人類所能做的，也只能眼睜睜地目送著月球離開而已。遙想當月球還在我們身邊時，下「雨」這樣的自然現象，好像就已存在人類的日常生活中了。直至今日，我們仍蒙受雨水之恩澤，才能繼續欣賞周遭的綠意盎然。說到動物和魚類，某些稀有品種目前僅見存活於地球上的幾個地方。這些文獻資料，都是以前在學校上課時獲得的知識。

「如果月球沒有離開地球的話，會如何呢？」關於這樣的臆想，從老早以前就不斷有學者提出來探討研究。

——地球偏離自轉軸且傾斜，造成都市的沙漠化等等，繼而引發巨大變動。

——自轉速度加快，一天變成只有八個小時。

——雖然機率可能是一億年一次，但對地球造成的衝擊是會讓大部分的生物滅絕。

實際上，也正如臆想的那樣。不是才剛天亮嗎？怎麼這麼快就太陽下山了，而我住的地方除了沙塵之外，沒有其他東西了。那些現在還活著的生物可能明天就消失絕種了，從小到大，媽媽和祖母就反覆地跟我說同樣的這些話語。但這當中，人類無法預期到的是當月球脫離地球時，是牽動著人的情感與反應的。對月球而言，我們不知道它的遠離會帶給它什麼好處。或許，它可能是接收到地球發出ＳＯＳ求救訊號，打算擾亂人類自以為是的行為，才導致這樣的結果吧！

總之，月亮把人類的情感連根拔起的帶走了。所謂情感上喜怒哀樂的反應，人類再也無法打從心底自然流露。面對這樣的結果，經過長年的研究，終於開發出可以人工生成的情感與反應之類的藥品。製作因痛覺而流淚的反應藥比較容易，而帶有情感情緒起伏的就相對地困難多了。也因此在價位上比較昂貴，除非是遇到特殊日子，一般人是不太使用的。我最後一次調用情感藥不知是幾年前的事了。我想好像是誰的結婚典禮吧！

我一邊想著那些事，也順手拿起一粒眼淚藥出來，咬一咬。臉頰很快就感覺到有涼涼的液體在流淌。是水在臉上流。淚液量剛剛好表達我的情緒。我恭敬地雙手合十，仰望天井外的浩瀚天空，說些悼念月球的話。

整個白天，非常非常地忙碌。果然如我所預期那樣，『月亮追思會』的成員們不斷地來買眼淚藥，幾個小時後，眼淚藥的瓶子已罄空。等我忙完回過神時，外頭已經一片黑暗，沙塵暴也如同平日一樣讓人看不清楚數公尺的前方位置。哎呀，我的肚子餓扁了，可是今晚不能回家，我只把眼淚藥補完貨而已，就累到想趕快躺著睡一下，這時我打開庫存箱子，注意到平常看慣的淺藍色碎片中，混進一粒從沒見過的碎片。想想好像也不是店裡平常陳列在藥瓶中的藥，言語難以來形容它的顏色，這個碎片不會反射任何光線，不是黃色也不是綠色，看起來具透明感但是黑嚕嚕的。我拿著它靠近鼻子聞聞也仔細端詳。有點像燒焦的餅乾味道。這是反應藥？還是情感藥啊？在查清楚前，我那飢腸轆轆的肚子以及好奇心的驅使，那股焦香味道實在讓我無法抵擋，就順手把它放入嘴裡。

既酸、又甜、還帶苦味的黏呼呼口感在舌頭上竄開。味道談不上好吃還是難吃。我努力地把它嚥下去，過一會兒，感覺胃裡有東西翻攪湧上來。照這感覺來看，這是情感藥。我認真地觀察自己體內的變化。才一下子，我知道體內的細胞產生變化了。

看著席捲而來的沙塵暴，胸口一陣刺痛。卻覺得它可愛。我很高興此刻正站在地面上，又同時感到莫名的憤怒。像是轉動了情感萬花筒，各種情感一一湧現而出，每轉一次，心臟就緊緊綳住，雖然感到痛苦萬分，卻希望這感覺能一直持續下去。我想哭。打從心底想大哭一場。但我的臉卻無法克制地在笑。那感覺就好像只有我一人要掙脫這世界的常軌，被帶往未知的世界。混亂、困惑圍繞著我。雖說經營藥店多年，卻是我第一次嚐到帶有這麼多複雜情感的藥。如果這才是真實情感的抒發或是呈現，那我店裡陳列的「那些」，就是以假亂真的仿冒品，imitation。

光是活著，就是一件多麼值得珍惜的事。颳起沙塵暴時的不安焦慮、堅毅地度過沙塵暴狂亂吹襲的植物、摸起來冷冰冰的石頭，這林林總總都是生命的奇蹟，都蘊含了無與倫比的美。奇怪，為何這種藥會混進眼淚藥的箱子呢？月球啊，月球。我感到徹底絕望啊——要做些什麼呢？怎麼彌補呢？才能再次由衷地流露出真實情感，沒有矯揉，不再造作。

「請等等吧！」

像是在嘲笑我似地，短暫的藥效慢慢在我體內退散。

「不要走！」我悲痛地嘶吼，聲音卻消融在空氣中，無法傳遞出去。最後，彷彿什麼都沒發生過，我親身經歷的真實情感就這樣消失在宇宙的某處了。我和當時月球離去那天的人們一樣的無能為力。如果是這樣，該說這是月球對人類的戲弄嗎？

仰望天空，那裡只有在黑暗中狂怒咆嘯的沙塵暴。

第四章 冬

Winter

冬季，萬物皆歇，生活籠罩在一片寂靜清澈的空氣中。
現在啊，現在能做的就是邊等待溫暖春天，
邊嘀咕著「如果人類也可以休眠，該有多好啊！」
這是個只要仰望夜空下美麗的銀白世界，
霎那間，心就會被擄獲的季節。

冬三日月

Winter crescent moon

淨白的清晨
在撒了糖粉的原野
失魂地滑了一跤
掉落了一彎碎月
沒人知道在這安靜的清晨
喂！我在這兒
喂！我在這兒
還沒取名的月光
那人正酣睡
在黃昏與銀河交會的地方
整個二月盡是荒謬
又加入極致純粹的謊言
無論如何希望這些能傳達給你
希望你會非常非常的困擾

祈求的是願望
願望是夢想
夢想是指引
你看，又有一顆流星從天空墜落
它從哪裡來
悠閒的農夫
無精打采地伸伸懶腰時
聽見碎月顫抖的聲音
聲音化為耀眼的光芒
如燈塔般
如生命走到盡頭的恩愛老夫婦
悲切地啜泣
請別離開

農夫取了光
添入今天的下酒菜
也塞入了口袋
滿滿糖粉的碎月
潤濕了冰冷的雙頰
哼唱著奇妙的旋律

月光　還沒取名
那人正酣睡
在黃昏與銀河交會的地方

整個二月盡是荒謬
又加入極致純粹的謊言
無論如何希望這些能傳達給你
希望讓你非常非常的困擾

也盼你明天能溫柔地微笑

冬之晨　今朝の冬

Kesanofuyu

指二十四節氣之一，「立冬」的早晨。
從此，冬風吹起，雪花飄落。
「啊，今年的冬天終於來了」，今早，身心準備迎接令人打哆嗦的冷冽寒冬了。

Yukinohana

雪花

雪の花

形容雪似是花的詞彙。也稱「六花」、「雪華」。

冰點下十到二十度的結晶雪，像木板那樣地往水平延伸，我們可以看見它呈現不同樣式的結晶狀。

尤其是冬夜裡飄落的雪，宛如純白潔淨的花瓣在風中紛飛起舞，美極了。

星之絮語

星のささやき

Hoshinosasayaki

詞彙源起於西伯利亞東部的雅庫特。指冬季人們呵出的氣，會在耳邊凍結後，發出微弱的聲音。

那得氣溫降到冰點下五十度以上才能聽到，在我們的日常生活環境，很難遇到這樣的自然現象，我想像那一定如叨叨絮語般地細膩且夢幻的聲音。

一生如果能親臨當地，聽一次也不錯，但想到要身處冰點下五十度的極地世界，也許還是等下輩子好了。

小春凪

Koharunagi

把陰曆十月，時值初冬這段期間，稱為「小春」。這時候，海面是風平浪靜、波濤不生。

神渡

神渡し

Kamiwatashi

指陰曆十月左右，吹起西風的別名。眾神聚集到出雲的十月為「神無月」（對出雲當地來說則是「神在月」），這西風乃是送眾神回出雲之風。

冬至冬中冬始

Tojifuyunakafuyuhajime

這詞彙之意「曆法上雖說時序來到仲冬，但真正的嚴冬是此刻才要開始」。人們得開始嚴陣以待熬過這酷寒的冬天。

雪安居

Yukiango

從陰曆十月十六日之後的三個月時間是禪僧在寺院閉關修行，精進佛道的日子。而夏日的修行則稱為「雨安居」。

星之出入

星の出入り

Hoshinodeiri

指陰曆十月從東北方向吹來的冷風。這是從久遠以前，對風向變化需具備高度敏銳感的水手們之間常使用的用語。

小春日和

Koharubiyori

時序早已入冬，平穩的天氣卻如春天般溫暖。趁嚴寒來臨前，我想好好享受這短暫的風和日麗。

立冬

Ritto

二十四節氣之一，表示時節進入冬天。這時的體感溫度雖然還沒感到冰冷刺骨，但吹來的風已有冷酷寂寥之感。

木之葉雨

木の葉雨

Konohaame

形容樹葉紛紛散落如下雨般。秋去冬來，曾經充滿生機的樹葉，如今漸漸枯萎凋落的樣子，那樣荒涼感讓人不禁蹙眉而嘆。

光芒

Kobo

像是拖曳著長長尾巴的光線，從雲層隙縫間流瀉而出，美麗的景象盡入眼底，如果條件適合，任何季節都能欣賞到這樣幻化如彩的美景。

世繼榾

Yotsugihoda

世継榾

指為迎接新年，在除夕夜舉行新添爐火的儀式。神社添加了新的薪火熾盛地燃燒著，延續至新的一年，象徵著生生不滅。

日記終

Nikkihatsu

日記果つ

指年終要替換日記本一事。雖然不捨要告別滿載了一年紀事和心情的舊日記，卻也欣喜要為來年的心情展開新的一頁。

名殘之空

Nagorinosora

名残の空

指年終歲暮，除夕當日的天空。不論哪個時代，對於來到一年的尾聲，都會無來由地對歲月的匆促流逝感到依依不捨。

睦月

Mutsuki

陰曆一月的別名。迎新年，家族成員團聚，彼此相處感情融洽之月。願今年仍是大家平安穩健如意的一年。

重正月

Kasaneshogatsu

重ね正月

民間的風俗習慣將二月一日訂為一年中第二次的元旦，藉以祈求能早點消災除厄。由此可見，古人相當在意厄年厄運會帶來的影響。

初御空

Hatsumisora

形容元旦的天空。表達敬天之意的詞彙。迎接新年的心情是如此地清爽舒暢。

初靨

Hatsuekubo

初えくぼ

指新春見面時嶄露的笑容。每年正月與家人朋友相聚的溫馨時光，總是讓我充滿喜悅而發自於心的露出笑容。

初空月

Hatsusorazuki

陰曆一月的別名。新的一年，初次出現在天空的月亮。抬頭仰望清澈夜空，令人有一種一切都將重啟新生命力的豁然開朗。

寒九之雨

寒九の雨

Kankunoame

指入寒後的第九日降下的雨水。寒九之日若下雨，人們會為之感到欣喜，因為那是來年農作將會豐收之吉兆。

寒太郎

Kantaro

二十四節氣之一「小寒」的別名。童年時期，人人都能琅琅上口的日本童謠「北風小僧寒太郎」歌曲中，對寒太郎的親暱稱呼。

雪催

Yukimoyoi

看起來要下雪的樣子，大人們加緊腳步趕著回家，孩子們則在心裡想著要準備戴上雪季的手套玩雪囉！

風冴

風冴ゆる

Kazesayuru

冷風襲身，吸入的空氣似乎要把肺部結凍了，但體內好像能適應寒冬之氣而怡然自得。

冬茜

Fuyuakane

指冬季夕照的天空。澄淨的天空像是染了色彩，鋪上橙紅紫紅的地毯那樣地耀眼絢麗，讓人屏息欣賞。

盡月

果ての月

Hatenotsuki

陰曆十二月的別名。一年的最後一個月。雖然明白既是結束也是開始，是接續而來的歲月歷程，但心裡總覺得有種淡淡的離愁之苦。

霜雫

Shimoshizuku

霜溶化後成為水滴（雫）。低垂掛在樹枝頂端的水滴，彷彿是出現在世界各地童話中的透明果子或是蓓蕾。

初茜

Hatsuakane

元旦的清晨，天空一片深紫紅色。還有些微暗的天邊，如紅寶石般的太陽冉冉升起，漸次變化的光輝浸染天色，令人神清氣爽，新年第一天看到如此景色，記憶將會特別深刻。

雪消月

Yukigiezuki

陰曆二月的別名。白晝時間漸漸變長，雪開始融化。綠意從雪下面探出頭，告訴我們春天已經近在眼前了。

冬靄

Fuyumoya

指冬季生成的靄。霧為白色，靄則呈現淡綠色。走在熟悉的路上，被朦朦朧朧的淡綠色包圍，那奇妙的感覺像是要進入一個不知名的異次元世界。

綿帽子

Wataboshi

覆蓋堆滿雪的樹木、樹葉看起來像戴著雪帽子。所有植物高興地戴上大小、形狀不一的帽子，彼此互相展示的模樣，真是可愛。

皓月

Kogetsu

皎潔明月掛高空。
月亮依其盈缺與月色，被賦予不同稱呼，對古人而言，不同形色的月亮，分別被賦予特別的意義。

風花

Kazabana

比喻晴朗冬日，雪在風中飄舞之姿猶如花瓣散落樣。
晴天飄雪是罕見現象，受陽光照射的雪花片片絢爛奪目，就如舉行盛大儀式時，慶賀的繽紛色紙灑落在空中飛舞。

雪聲

雪の声

Yukinokoe

雪滑落樹梢，敲打在窗上時發出的聲音。輕飄飄的小圓雪球以優雅的節奏滴落地面，那輕巧可愛的形狀，讓人覺得心情愉快。

星入東風

星の入東風

Hoshinoirikochi

「星之出入」的別名。所謂「星」指的是七姊妹星團（又稱「昴宿星團」）。觀看浩瀚夜空的無數星星，想著那是星星歸屬的國度吧！

BETTER

冬曙

Fuyuakebono

冬天，天未亮將亮的混沌時分。睜眼醒來，外頭的鎮上一片靜謐氛圍。昏暗夜空裡，曙光將現漸漸染白天際。與「冬曉」同。

山眠

山眠る

Yamanemuru

將覆蓋著白雪的山巒，以擬人化的譬喻形容山睡著了。

冬天，飛禽鳥獸、人類、山川樹木全都進入熟睡的歇止狀態，只感覺到微弱的生機。我心想著，群山回歸沉靜，四處一片寂寥之象。

冬暖

冬ぬくし

Fuyunukushi

接連的寒冽冬日，氣溫突然回升，天氣轉暖和。

煦煦暖熱的陽光照拂大地與屋內柔和的橘黃燈光，讓人感到幸福滿溢。

星冴

星冴える

Hoshisaeru

指冬天星星比平時更為耀眼明亮。

因嚴寒，空氣中平添了一層通透的透明感。一到冬天，總想著偷個閒喘口氣，抬頭看看夜空中的星星。

銀嶺

Ginrei

覆滿潔白雪的山嶺為銀嶺。當陽光投射在白雪皚皚的山嶺，彷彿是映照在新嫁娘的純白嫁紗上，絢爛奪目。

寂冬

冬ざれ

Fuyuzare

冬天草木枯萎，萬物沉睡，一切了無生趣。周遭只有寂寥之氣，讓人提不起勁。

耐冬花

Taitoka

木字旁，旁邊是個春字的「椿」，山茶花的別名。耐冬花是少數在冬天能耐寒的綻放的花朵，而傳遞花粉的鳥兒們也特別引人注目。

花瓣雪

花弁雪

Hanabirayuki

從天而落下如大花瓣那樣的雪片紛紛。僅於冬季才能遇見這鮮豔的泡沫景象（泡沫之花）。亦稱「牡丹雪」。

瑞花

Zuika

雪的別名。意指瑞雪兆豐年之花。看到這樣的語彙，可以真實感受到人與大自然之間彼此依存的緊密關係。

天使絮語

天使のささやき

Tenshinosasayaki

也稱「細冰」或「鑽石星塵」。一種自然現象，在空氣中飄舞的細碎結晶冰塊光彩繽紛，像是天使灑落給人間的禮物。

青星

Aoboshi

天空中最明亮的天狼星別名。炯炯生輝的光芒，宛如狼透出的銳利眼神。

小夜時雨

Sayoshigure

冬夜裡，下下停停的短暫陣雨。小夜時雨的夜裡，冷清的街道，濛濛細雨下的昏黃街燈，這樣的畫面如夢似幻。

源氏星
Genjiboshi

出現於冬季夜空，是構成獵戶座其中之一「參宿七」的別名。源平之戰時，源氏家族白旗上的象徵圖騰。

雪兔
雪兎

Yukiusagi

下雪日誕生的純白兔子。主要是由孩子們的雙手賦予牠們生命力。如果以南天竹的果實來當兔子眼睛，那就跟真的沒兩樣了。

竈猫
Kamadoneko

活躍於大正到昭和年間，俳人富安風生創造的詞彙。藉此表達畏寒的貓咪蜷縮在點燃柴火的竈旁，舒服溫暖到伸伸懶腰的模樣。

冬林檎
Fuyuringo

指收成之後，為了在入冬季節還能品嚐到美味的蘋果，將之放到低溫冷藏保存。不禁連想起寒風中雙頰被凍得如火紅的蘋果那樣的可愛少女。

笹鳴
Sasanaki

黃鶯在冬天的啼叫聲。「嘰嘰啾啾」是春天悅耳的鳴叫聲，到冬天為之一變，那聲音像是咋舌的「嘖嘖」聲。

室咲
Murozaki

冬天，進入休眠狀態的春夏草花於此時甦醒，綻開花朵。古人總會極具閒情雅趣的將盆栽放到爐火旁增添暖意，藉此讓花提早綻放。

探梅
Tanbai

在枯等春天到來的冬日時光裡，入山去探尋早開的梅花。在荒寂沉靜的大地中找尋春的蹤影，再高興不過了。

寒薔薇
Kanbara

指在冬天仍持續盛開的薔薇。冬天，當所有植物都凋零枯萎時，唯有薔薇紅灼灼地照亮一方，真是既美麗卻又感傷的一景。

虎落笛

Mogaribue

凜冽的強風吹過柵欄、籬笆時，發出如吹笛子般的聲響。

就文字表面意義來看，想像那是多麼豪邁的聲音啊，居然足以使猛虎驚恐跌落，但在中國，確實存在著為了防止猛虎入侵而建構的柵欄，就稱之為「虎落」，這就是「虎落笛」典故的由來。

多虧冬季淒厲強風的呼嘯聲在耳邊響起，我只要想像猛虎慘跌的樣子就好了。

月冰

月氷る

Tsukikoru

形容月亮帶著透寒的青白色調。冬天的月亮總是皎潔清麗，宛如黏貼在夜空中的一只精細玻璃製品。

寒落暉

Kanrakki

冬日的向晚時分。「落暉」即是「夕陽」。夕陽西下的餘暉映照在建築物和植物上的光影，游移著一股思鄉的情愁。

彌彌雪

Iyayayuki

雪持續地下在未溶化的雪上，讓雪堆積的更深。「彌」是「更、越發」之意。捕捉「加把勁，這才是真正的冬天」的下雪時光。

小糠雪

Konukayuki

粉雪的別名。看到輕飄飄的雪從天而落，讓人頓時陷入錯覺以為進入雪晶球的世界中。

薄紅梅

Usukobai

紅梅花的顏色。帶點紫色的淡紅梅花。梅依顏色濃淡分類，有濃紅梅、中紅梅、淡紅梅等不同的品種。

冬浪

Fuyunami

強烈季風吹得海面掀起陣陣巨浪。遠眺巨浪拍打到岩塊激起的碎浪花，心也起了陣陣漣漪。

冬意

冬めく

Fuyumeku

冬天好像到了。街頭上來來往往的人，不論是言談舉止或是服裝，都可以感覺出有冬天的味道了。

冬三日月

Fuyumikazuki

指寒冬夜空裡細如柳眉的三日月。澄澈夜空下的月色，既明亮又端莊秀麗。

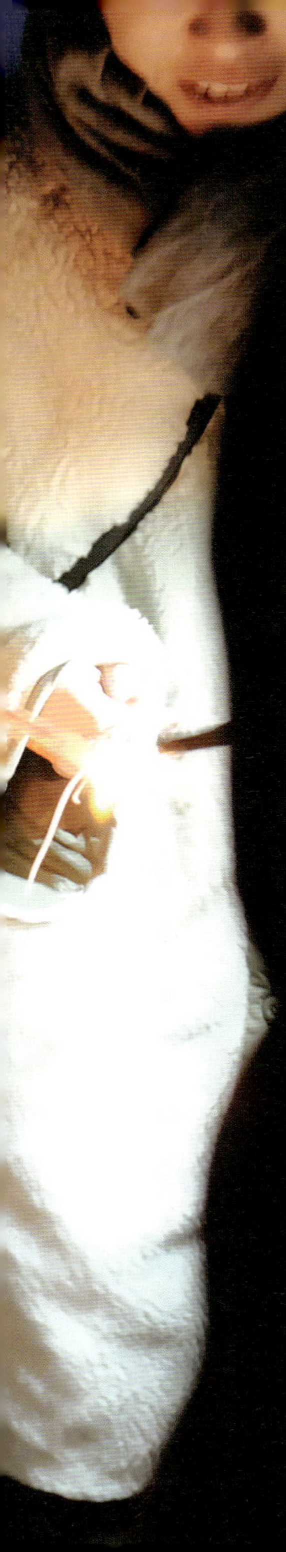

雪明

雪明かり

Yukiakari

形容光線照在積雪上，反射的光使得四周一片明亮。各種不同色調的光，經由積雪的反射全轉為純淨的銀白。雪恰恰利用了這個原理，讓我們能欣賞到冬季美麗的銀白世界。在積雪的夜裡，明月當空，靜謐的柔和月光與時光，是我醉心的時刻。

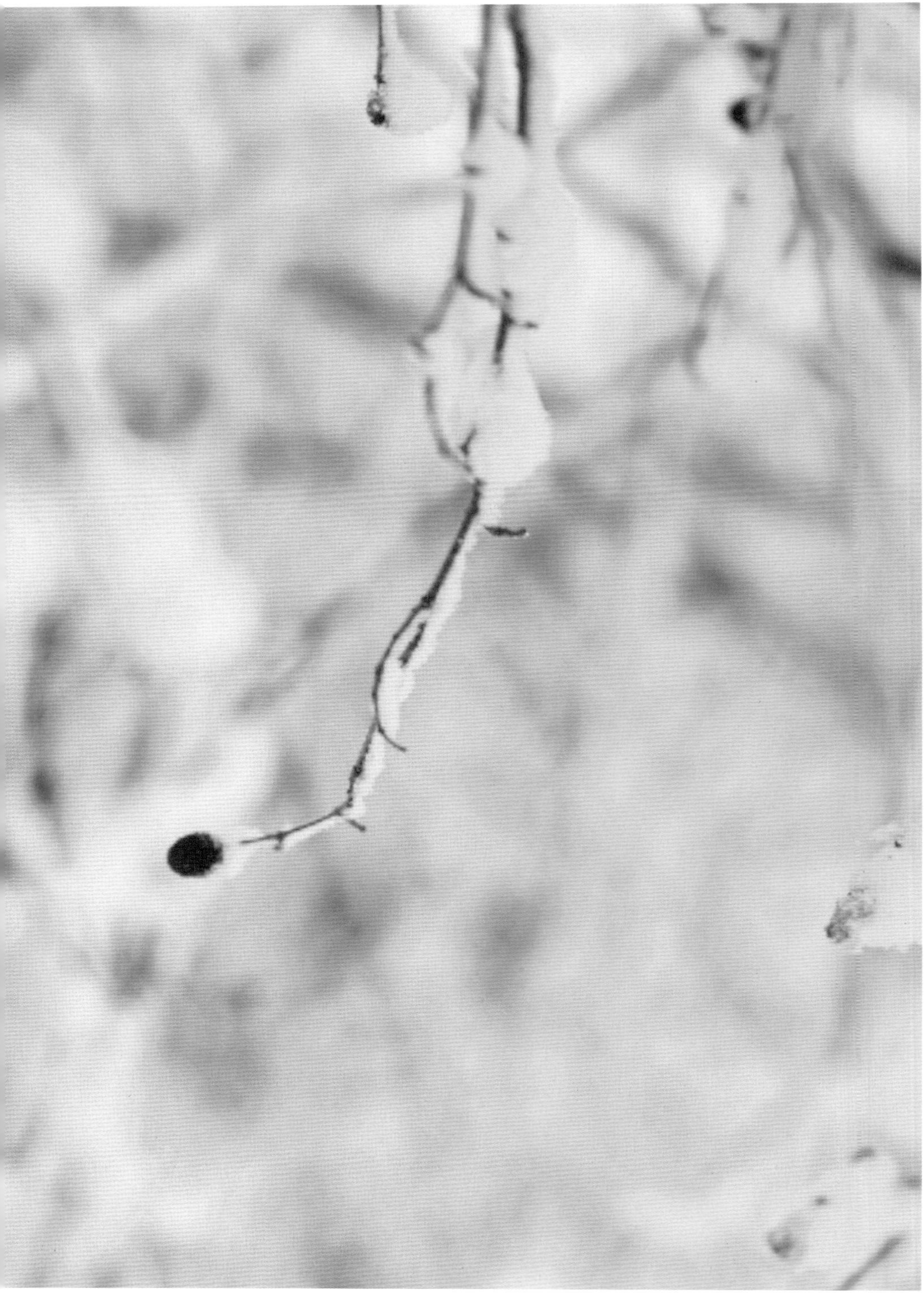

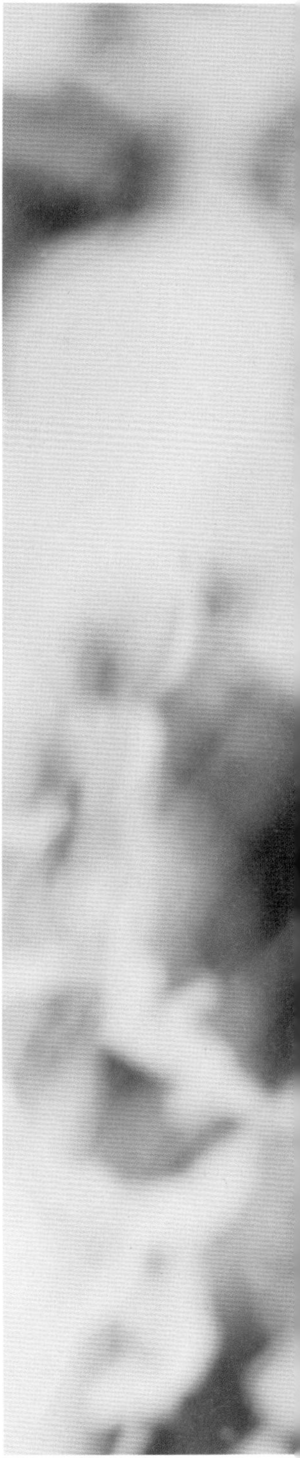

雪月夜

Yukizukiyo

月光映照在下雪的夜裡。凝視著閃閃發亮的雪花，孤寂置身於這靜謐的銀白世界，心若止水地幾乎忘了時間的存在。

息白

息白し

Ikishiroshi

在冰寒天氣裡呼出一圈圈白色的霧氣，看到從自己嘴裡呵出的白煙，就覺得特別開心。不論到了幾歲也百玩不厭這樣的小遊戲，每每讓我意猶未盡啊！

雪紛飛

ちらちら雪

Chirachirayuki

形容從天飄然落下的雪花。雪花紛飛細如粉於空中搖曳飛舞，也如鑽石星塵般閃耀光芒。

樹枝和地面就像撒上層層糖霜似地雪白。

冬晴

冬はるる

Fuyuharuru

天氣晴朗又溫暖的冬日。漸漸不冷的天氣，暖呼呼的陽光照在身上，心情也隨之舒暢，再也沒有比這更好的冬日獎勵啊！

古語「冬霽」即今之「冬晴」。

弟待雪

弟待つ雪

Otomatsuyuki

雪還未融化、等待著下一場雪降下。這樣的雪就像是哥哥等待弟弟隨後跟上的樣子。

如此溫暖的詞彙傳達了這樣的情景：終於跟上哥哥腳步的弟弟，兩人感情融洽的牽著手，邁開步伐往前行。

友待雪

友待つ雪

Tomomatsuyuki

「弟待雪」的別名。在雪怎麼還不溶化的日子裡，我心浮氣躁的轉念想著「哎呀，可能雪在等待它的朋友吧！」這麼一想，心情就稍微平穩些許了。

冰橋

氷橋

Koribashi

指河川或湖面上結凍，人們可以在上面行走經過，彷彿是座橋似的。平日不能行走的水面，如今非比尋常，讓我的心澎湃不已。

冬將軍

冬将軍

Fuyushogun

將嚴寒擬人化的詞彙。冬將軍是從英語「general frost」直譯而來，指遠征俄羅斯的拿破崙將軍。

冬銀河

Fuyuginga

指冬季夜空中出現的銀河。和夏天朦朧昏暗的銀河不同，冬季因為空氣清澈，銀河顯得清晰且有勁。

白魔

Hakuma

把雪害視為是惡魔的詞彙。對於在雪國生活的人們而言，嚴峻的大自然就像是白色魔物般的恐怖。

冰楔

氷の楔

Korinokusabi

嚴寒的冬季，池塘和湖水等都結凍。像是水面上敲入楔子，流動的水都被固定封鎖住了。

楪

Yuzuriha

交讓木的和字，當長出新葉的同時，老葉也離枝掉落，新舊啟程、興衰交替。每年正月「楪」被用來作為日本吉祥的裝飾物，祈願新的一年能相續圓滿，子孫滿堂。

寒凪

Kannagi

在一年中最寒冷的時候，一個既無風也不興浪的好天氣。待在溫暖的房間，懶洋洋地眺望窗外的冬季天空。

月天心

Tsukitenshin

月亮穿越過天空的正中央。
意思指月亮行經的軌道「天心」就
正好位於天空中線。
如果可以，我想坐在天空正中央，
好好觀察月亮通過天心的樣子。

夜半之冬

Yowanofuyu

夜半の冬

指冬天的夜晚或是深夜。

寒冷的冬夜裡，我的耳朵和手雖然凍到快被撕裂般的疼痛，但走在靜悄悄的回家路上，具透明感的空氣，感覺好像有種特別的東西被身體吸收。

這時望向清澈無雲的夜空、星星和月亮，似乎平添了份寧靜之美。

銀花

Ginka

天空降下如花瓣的雪。飄落到掌心的雪片似重重花瓣，霎時思緒不禁馳騁到繁花如錦的春日時光裡。

天花

Tenka

於天國開的花，轉而變成雪花降落人世間。深深思念已經無法再相見的親友，心中不免難受，但只要想到祂們在天國被盛開的花朵圍繞著的情景，就稍感釋懷。

冰雨

氷雨

Hisame

摻雜了雪的冰冷雨水。與在夏天時突然下起的冰雹、霙是同義詞，不論是夏天或冬天都適用這個詞彙。

雪後天

雪後の天

Setsugonoten

不管下了幾日的雪之後，總會出現大晴天。陽光照射下的雪炫白透亮，帶給人一種開闊之感。

霜衣

霜の衣

Shimonokoromo

像是蓋了一層衣裳，地面上結了一層薄薄的霜。被喻為地表上的榻榻米，與「霜疊」同義。氣溫上升便隨即消融，僅僅存在世間片刻光景。

冰面鏡

氷面鏡

Himokagami

冰的表面看似一面會反射鏡子。如果細細觀察，好像會發出神祕的光。

銀竹

Ginchiku

冰柱的別名。詞彙源起眾說紛紜，但主要是指看起來像是銀柱的竹子。只有在非常寒冷的日子裡，才能看見這般如夢似幻的冰世界。

雪中花

Setchuka

水仙的別名。即使在下雪日也會開花，因而得此名。

與在銀世界裡的落雪一樣，那綻放的美麗純白花朵，彷彿是用雪精雕細琢而成的。

雪丸

Yukimaroge

雪丸げ

指堆砌雪球的樂事。無論何時都能童心未泯的樂在其中。不管是臉部表情、裝飾、維持平衡等等，這些都可以隨意發揮，自由創作。

春告草

Harutsugegusa

春告げ草

梅花的別名。如字面所示，它那飽滿的蓓蕾，萌發的嫩芽，空氣中瀰漫著酸甜花香味，都在告訴我們春天快來了。

凍靄

Itemoya

突如其來的寒冷之氣產生的靄，是一種自然現象。想像靄中浮現群山、茂林，有時也像是一片雲海。

蕭蕭

Shosho

寂靜至極。

使用於聽到風聲、雨聲或是動物鳴叫時，令人特別感到天地蒼涼、寂寥之詞彙。間接地表達冬天蕭瑟之美的光陰。

霏霏

Hihi

形容持續不斷，不厭煩地一直下著雪。萬物染上了白，整個冬天景致，就只剩自己孤獨於白茫茫的世界中。

蝶蝶雲

Chochogumo

蝶々雲

形狀紛紛不一，如彩蝶般的雲。開啟想像力的門，連想著雲像是彩蝶在廣闊的天空以各種姿勢，翩然起舞。

膨雀

Fukurasuzume

ふくら雀

指在寒冬羽毛膨脹的雀。這季節的雀圓滾滾的樣子，特別討人喜愛。

浮寢鳥

Ukinedori

為了避寒冬，每年秋到冬天這段期間飛到日本的水鳥。

指那些水鳥讓身體浮在水面上蜷縮成圓形，假寐休息的模樣。

波花

波の花

Naminohana

比喻冬天大浪拍打岸邊岩礁，白浪泡沫似一朵朵花。

疾厲冷冽的冬季季風，在墨黑海面上呼嘯而過，捲起的波浪彷彿海上盛開著白色花朵，是冬季裡特有的美麗風情景致。

雨水
Usui

二十四節氣之一。寒氣不再逼人，連日的下雪也轉為雨水。草木開始萌芽，該是準備春耕農作的時節了。

歸花
帰り花
Kaeribana

為受到小春日和天暖氣候影響，在非當季開的花。百般寂寥地等待春天到來的花，像個頑童等不及的探出頭來四處張望的模樣。

立春大吉
Risshundaikichi

曆法上的春天。以前是新一年的開始。禪寺會於大門貼上立春，表示招福納祥之意。

待春
Taishun

指嚴寒冬日，讓人焦急渴望春天到來。低頭望著地上的積雪，不禁連想宛如是個談著淡淡戀情的少女在等待著春暖那天的到來。

春近
春近し
Haruchikashi

越過寒峭，春天將造訪之兆。相對期待春天的「待春」一詞，「春近」更有切身之感。

春隣
Harutonari

隨著嚴冬即將結束，漸漸感受到春天的各種跡象。像是已經來到你的身邊似的，讓人感覺親切暖心。

明日之春
明日の春
Asunoharu

指冬天逐漸離去，春天氣氛漸濃。緊繃的身軀也慢慢地舒展輕快了起來。

光之春
光の春
Hikarinoharu

天氣雖然還冷，但灑落的陽光強度與溫度已有春天的氛圍。動物、植物也從長長的休眠中甦醒過來。

三寒四溫

Sankanshion

「連續三日寒冷，接著就會有四天溫暖」，這句諺語出現於中國以及朝鮮半島部分地區的冬季氣候。雖然常常聽到這句話，但並不適用於日本。

意指天氣漸漸溫暖，春天已悄然而至。

一陽來復

一陽来復

Ichiyoraifuku

詞彙出自中國經典《易經》。
指漫漫冬日將離去，春天終於要來了。
暖和氣息攪動了人們和植物的高亢情緒，
發自肺腑的祝福之情，渲染了世界。
而遭逢的所有不如意事，隨之也必定會否
極泰來之意。

冬萌

Fuyumoe

在冬季沉睡的草木，開始精神奕奕地迎向春天冒出嫩芽。「萌」是指發芽的意思。

即使被雪覆蓋在地面下，植物仍積極穩健地準備，一點也不鬆懈，隨時等候春天時機的到來，昂然地發芽成長。

讓我們體悟到，就算是不起眼的小草木，也是會一步一步地厚積而後勃發的重要性。

與初來乍到的風恣意
妄為地漫天共舞
手挽著手往右轉向左行
舞進這個講究秩序的世界

在這兒的意義
將往哪兒去
不知
世人肯定無人知曉
好像生命就是如此
彷彿生活就該這樣
悠游於夜空的魚兒
目的地是游往遙遠一方的銀河

貼近滿載的電車
輕飄飄地
眺望那車窗內光影下
浮動的疲憊臉龐

女孩動作再快一點呀！
女孩稍微放慢腳步呀！
想開玩笑地緊貼著你
一起談天說地
一起抵達目的地
一定一定會積累出屬於我們的故事

巧克力色的終點站
於我是初吻
而你是幾經輾轉千億次之吻
這是愛的咒語

描摹了模糊的輪廓
向汙濁的天空祈禱
高興嗎？寂寞嗎？
現在依然不知
世人肯定無人知曉
好像生命就是如此
彷彿生活就該這樣

黑夜的舞台秒針滴答滴答響
當布幔拉起即將謝幕那一刻
裝作緊緊地擁抱
我將化為沉浸在愛戀中的雨滴

冬之晨

Winter morning

已對嘆氣的陰鬱天空
隨興地點了首歌

總是那樣
一副無所謂冷冷的態度
對期盼的明天
對期盼的孩子
對期盼的夜晚
還有喝了一半的咖啡
乾脆全部
用牢固的鎖封存在矛盾的深淵底
就這樣保持沉默
唯有淒美地死去

那忘了穿上襪子的腳掌心
還留有夏天的痕跡
令人屏息的冷
攀爬者的戲謔
其實只想握握你的手

維持原狀就好
這個世界你是唯一
如果是為了被接受而笑
如果生命只為了迎合他人
那不是生命

停止愚蠢的媚世
抱抱蠕動的貓咪
熱愛孤獨　親愛的冬日

索引 Index

主要參考文獻 References（不分先後順序）

『ことばのこころ』中西進著（東京書籍）／『四季のことば辞典』西谷裕子編（東京堂出版）／『季語辞典』大後美保編（東京堂出版）／『日本染織辞典』上村六郎、辻合喜代太郎、辻村次郎編（東京堂出版）／『合本俳句歳時記 第五版』角川書店編（KADOKAWA）／『話したい、伝えたい 心ときめくことばの12ヶ月』山根基世監修（KADOKAWA）／『角川俳句大歳時記 秋 Kadokawa HAIKU Daijiki』角川学芸出版編（KADOKAWA）／『宙の名前 新訂版』林完次著（KADOKAWA）／『てんきごじてん－風・雲・雨・空・雪の日本語』鈴木心著（パイ インターナショナル ）／『日本の風景が織りなす 美しい季節の言葉365』パイ インターナショナル 編（パイ インターナショナル ）／『俳句歳時記<春>』富安風生著（平凡社）／『俳句歳時記<夏>』富安風生著（平凡社）／『俳句歳時記<秋>』富安風生著（平凡社）／『俳句歳時記<冬>』富安風生著（平凡社）／『日本の色 新版』コロナ・ブックス編集部編（平凡社）／『言の葉連想辞典』あわい絵、遊泳舎編（遊泳舎）／『増補版 いちばんわかりやすい俳句歳時記』辻桃子、安部元気著（主婦の友社）／『色の名前辞典507』福田邦夫著（主婦の友社）／『季語の花 春』佐川広治著、吉田鴻司監修、夏梅陸夫写真（阪急コミュニケーションズ）／『日本の色、世界の色』永田康弘監修（ナツメ社）／『365日にっぽんの色図鑑』暦生活著、高月美樹監修（玄光社）／『山渓ハンディ図鑑 日本の野鳥 2版』叶内拓哉、安部直哉、上田秀雄著（山と渓谷社）／『ヤマケイ文庫 花は自分を誰ともくらべない～47の花が教えてくれたこと～』稲垣栄洋著（山と渓谷社）／『季語季題よみかた辞典』日外アソシエーツ編（日外アソシエーツ）／『新明解四字熟語辞典 第二版』三省堂編修所編（三省堂）／『四字熟語辞典 第4版』学研著（学研）／『学研生物図鑑 鳥類』本間三郎編（学研）／『情景ことば選び辞典』学研辞典編集部編（学研）／『美しい日本語季語の勉強』辻桃子、安部元気監修（創元社）／『短歌用語辞典 増補新版』日本短歌総研編著（飯塚書店）／『和の色のものがたり 歴史を彩る390色』早坂優子著（視覚デザイン研究所）／『キモノ文様辞典』藤原久勝著（淡交社）／『日本史色彩辞典』丸山伸彦編（吉川弘文館）／『美しい日本語の辞典』小学館辞典編集部編（小学館）／『覚えておきたい美しい大和言葉』日本の言葉研究所著（大和書房）／Web「雪はどうして白いの」（ONE PUBLISHING）

後記

Afterword

寫書後記，就像是不小心瞥見了舞台的幕後，心臟不禁怦怦亂跳，令人雀躍不已。

書中的構思，從未曾預留稱之為「作者」這個新角色的存在氛圍；另一方面，那令人呵呵大笑的短文，事實上是打算以簡短的文字隱晦地表達了一個沉重，讓人不禁落淚的故事。

驚奇總是無所不在。當我以這樣方式書寫時，確實曾感到困惑。因為極有可能寫不出有趣的東西。那麼就狡詐地嘗試來個埋下伏筆的寫法，應該可行吧！

＊

我不作俳句也不寫和歌，身為一名攝影師，近期開始對「日本的季語」這樣的主題深感興趣——契機點大概發生在世界因疫情而封鎖的三、四年前，過著如候鳥般遷徙生活的我，以泰國作為據點，狂熱似地追求「旅行是生命的意義」告一段落之後，當準備著再次面對日本這個「生活場域」的時候。我思索著該以何種方式來表達對自己國家那份關愛的情懷呢？最後我選擇藉由文字來描寫四季的更迭，呈現出屬於日本特有的優美文化。

當一進入前置準備的調查研究，有好幾次遇到了不論怎麼搜尋都無法找到正確意涵的文字詞彙。那時我漸漸認知到「正如動物滅絕那樣，文字如果不使用也會逐漸死去吧！」這句話的真實性。頓時心情變得有些沉痛。

我知道不要為那已經不存在、消失的事物感到悲傷哀痛，
因為那畢竟是這個世界不斷往前邁進的一種證明！

書中這些優美的文字詞彙，雖然看似有點逆著時代趨勢而行，但我卻這麼想，如果它們能與未來有所連繫不是很好嗎？這想法可能有點大言不慚吧！

也許經過幾百年後，人類漸漸消逝滅絕，這本書因緣際會下的成為化石而被人挖掘，那時發現的某人如果能喜極而泣的說「天啊！」，我真心覺得這是一件好事。

現今，人人都過著忙碌的生活。但如果能偶而想起這本書，即使只有一分鐘或是一秒鐘的閱讀，讓自己與萬物對話，若能因此救贖到一顆忙碌的心，我想那也是一件美事啊！

最後，我要感謝與這本書相會，或隨手翻閱而被吸引的各方朋友。感謝編輯與美編設計的鼎力相助，感謝團隊的每個成員一起讓這本書能順利問世。

With love　古性のち

願永遠保有那顆棲息於你心中的「雨夜之星」。

古性 のち

1989年出生於橫濱。攝影師、專欄作家、BRIGHTLOGG, INC執行董事。一邊在日本及世界各地旅行，一邊編寫自己拍攝的照片與優美的日本語，並活躍於社群網路平台。合著有《Instagramあたらし商品写真のレシピ》（玄光社）。常用相機是FUJIFILM X-T3和NIKON Z 6II。

Instagram @nocci_trip

洛薩

國立中興大學歷史學研究所 畢業

譯有
《希臘人的故事》I～Ⅲ、《女僕的秘密生活》等書

窗外便是人家煙火 窗外也有花鳥風月
歲移時變 來來去去 不來也不去
吾生亦如是

i 生活 43

在雨夜尋找星星：最美的日本四季辭典

作　　者　古性 のち
譯　　者　洛薩
內文排版　點點設計×楊雅期
總 編 輯　林獻瑞
責任編輯　周佳薇
行銷企畫　呂玠忞
出 版 者　好人出版/遠足文化事業股份有限公司
　　　　　新北市新店區民權路108-2號9樓
　　　　　電話 02-2218-1417 傳真 02-8667-1065
發　　行　遠足文化事業股份有限公司
　　　　　（讀書共和國出版集團）
　　　　　新北市新店區民權路108-2號9樓
　　　　　電話 02-2218-1417　傳真 02-8667-1065
　　　　　電子信箱 service@bookrep.com.tw
　　　　　網址 http://www.bookrep.com.tw
　　　　　團體訂購請洽業務部 02-2218-1417 分機1124
郵政劃撥　19504465　遠足文化事業股份有限公司
法律顧問　華洋法律事務所　蘇文生律師
印　　製　凱林彩印股份有限公司　電話 02-2796-3576
出版日期　2024年7月31日　　　　定價　新台幣420元
I S B N　978-626-7279-81-6　9786267279793 (PDF)　9786267279786 (EPUB)

在雨夜尋找星星：最美的日本四季辭典 / 古性のち作；洛薩譯. -- 初版. -- 新北市：遠足文化事業股份有限公司好人出版：遠足文化事業股份有限公司發行, 2024.07
　面；　公分
ISBN 978-626-7279-81-6(平裝)

861.479　　　　113008628